JN188631

袋小路の人びと

山田直尭
Naotaka Yamada

風媒社

袋小路の人びと

一

一面、冬枯れた葦の原を、祥司は諦めたように歩きはじめた。泥の河の異臭に鼻腔を塞ぎたくなるのを堪えながら、重い脚をひきずって歩きつづけた。近年ますます人工都市さながらの様相になってきた首都にも、まだこんな荒涼とした空間があったのかと、ちょっとふしぎな気もした。考えてみれば、腐臭に充ちた運河沿いの湿地など、開発には三文の値打ちもないのかもしれない。

辺りをながめたが、撮影スタジオらしいものは見当たらなかった。玉城俊二とのつきあいはながいが、これまでかれのスタジオを訪ねたことはなかった。たまたまこの日、世界遺産の合掌集落をモチーフにしたプレゼンテーションが一区切りついたので、ふとスタジオを訪ねてみようと思いたった。もういちど祥司は辺りに視線を這わせた。生コン車やタンクローリー、四角い冷凍車といった大型車両が行き交い、巨大なタイヤの摩擦音を路面で唸らせていた。気持ちの余裕がたちまち失われた。タクシーを乗りすてたことを悔やんだ。こういうときにかぎって、いつも持ち歩くスマートフォンを事務所の机に置き忘れるという、その迂闊さに祥司はつい舌打ちをした。

前方に倉庫が一棟建ち、葦の原に黒い影を落としていた。祥司は気をとりなおして、その建物に方向を見定めると、また歩きだした。

倉庫のまえにたどり着くと、コンクリートを打ち放しにした無機質な壁面が、昼下がりの陽差しのなかに屹立していた。車道に直接面した鉄扉に、矩形のアルミ板が鋲でとめてあり、倉庫のなまえと住所が刻印してあったがスタジオの名はなかった。祥司は内ポケットからとりだしたメモと見較べた。番地まできっちりと一致していた。玉城が仕事場の表札をださないでいるのがちょっと意外に思えた。躊躇する気持ちを押しきって重い鉄扉を右へ引いた。いきなり吹き抜けの空間が眼のまえに拡がり、縦横に張りめぐらされた鋼鉄製のレールにライトが宙づりにされて煌々と空間を照らしていた。エア・コンディショナーの風に包まれ、からだにうっすらとまといついていた湿気がたちまち消えていくのがわかった。

祥司はものめずらしげに撮影現場をながめた。人影があちこちにたたずんでいたが、静寂な光の輪のなかで動いているのは黒ずくめの衣装をまとったひとりの少女だけだった。そばに玉城が立っていた。かれが声をかけるたびに少女の顔の表情がかわり、小気味よく向きをかえた。細身のからだをひねったり、仰向けに反らせたりして、少女はさまざまにしなをつくった。

撮影しているのはテレビのコマーシャルだろう。玉城が本来得意とするドキュメントな映像ではないせいか、かれの表情にはいつもの精気がなかった。祥司はふたたび少女に視線を移した。少女がポーズをかえるたびにスタジオはショーさながらの華やかさに充ちた。玉城の意のままに操られる美しい少女に眼を奪われて、祥司は姿勢をかえないで入口に立ちつくした。そばで若い助手の男が手持ちカメラをかまえていた。少女の動きにあわせて、男が手際よくシャッターを押すたびにフラッシュが鮮烈に弾けた。通販カタログに使うつもりなのか、玉城がスチール写真を同時に撮らせているのだろう。

祥司に気づいた玉城が、ちょっと休みましょう、と少女に明るく声をかけた。その声が壁に反響すると、宙づりにされたスポットライトがつぎつぎに消え、天井の蛍光灯の淡い光が倉庫の空間をいっそう大きくみせた。蔭にひそんでいたライトマンやスタイリストたちが、華やかさの消えたスタジオに姿をみせた。

「きょうはまた、どういう風の吹きまわしだい」と玉城は言った。「おまえさんがこんな辺境の地にあらわれるとはな」

軽口をたたきながら玉城の眼がうれしそうにわらった。いつもはテレビ局のロビーでうちあわせをすませるのがふたりの習慣になっていた。

「いや、別に急ぎの用でもなかったのだが……」

「それにしても、ここがよくわかったな」

玉城は照れくさそうにわらった。

「表札がなかったんで、おそるおそる扉をあけたら……」祥司はあらためて広い空間をながめた。「これはすごいスケールだ」

「ネームプレートを倉庫にかけるのも、ちょっとね。家賃が安かったんで、そのぶんスタジオが広くなった。おれのギャラでは、都心にこの広さは確保できないからな」

「厭味だね」

玉城は満更でもないように口もとをゆるめた。

祥司は冗談めかして短くこたえた。が、半分は本音だった。玉城の撮影料は半端ではなかった。案の定、玉城は即座に反応した。

「いやいや充分だよ。ありがたいと思ってる」

如才のない返事に、祥司は気持ちがふと宙づりになったような気がした。

モデルの少女は、無秩序に置いてあるリクライニング・チェアのひとつを択んで、深く腰を沈めていた。まぢかでみる少女から幼い面影が消えていた。幼くみえたのはスポットライトのせいだったのかもしれない。黒いTシャツにおおわれた女のからだの輪郭が、淡い光に浮き彫りになって、筋肉質な痩身を想像させた。若い視線はときおり玉城をみあげ、豊かな曲線をかすかに波うたせた。馴れたしぐさに、自分の美しさを充分に意識した気配が滲みでていた。祥司の視線に気づくと大きな黒眼が親しみの表情を浮かべた。

玉城がふたりの交わす視線に気づいて、脚本家の野崎祥司先生だよ、とフルネームで紹介した。立ちあがった彼女は、田所麻美です、と両手をそろえて深く腰を折った。そのあと、すこし頬を赧らめ、またチェアに背中を伸ばすと、眼のやり場にこまったように巨大な壁に視線を這わせた。弧を描く鉄の螺旋階段が、ふつうのビルの三階あたりにまで這いあがり、いきどまりに扉がつけてあった。麻美の黒眼はそこで動きをとめた。その向こうには、気ままな独り暮らしをしている玉城の部屋があるような気がした。扉をみつめる麻美の無表情な横顔が祥司の脳裡をここちよく刺激した。

話が切れたのを繋ぐように、で、きょうのご用件は？　と玉城は訊いた。別に急ぎの用でもなかったのだが、と祥司はまたおなじ台詞をくりかえした。

「ちょっとビッグな仕事に挑戦したんでね。そのプレゼンがとおったら、俊さんのお世話になろうかと……」

玉城はちょっと思案したあと、スタッフたちに顔を向けた。

「きょうは、お疲れさん。つづきは、あす一番。頼みますよ」

そう言ったあと視線を祥司に戻し、グラスを呷るしぐさをした。

「おい、いいのかい。まだプレゼンはとおったわけじゃない」

「気遣いは無用。こんな仕事だろ、ストレスがいっぱい。駆けつけ三杯、と、いこう」

玉城は肩をすくめた。

タクシーは運河をこえ、祥司がきた方角へすこし戻って、十字路の角にあるビルの手前でとまった。

最上階のレストランに客はいなかった。昼食時をすぎたテーブルが白い布をかぶって整然とならび、店内は鎮まりかえっていた。ふたりは窓際の席を択んで向きあった。

「ビールでもとるか」

祥司の返事を待たず、玉城は大瓶二本を注文した。

眼下の大通りがつよい陽差しを跳ねていた。信号が青にかわってひとの群れに動きがでた。止まった車の鼻先を豆粒ほどの大きさの歩行者が、一団となって移動していく。信号が色をかえるたびに、遠ざかる背中のあいだをぬって、無数の顔がこちらに向かってくる。どの顔も能面のようにみえた。そんな群衆のなかに、目的を見失った若い日の自分をみるような気がした。組織からなぜ離脱したくなったのか。過ぎた日を説明できる口実はさがせなかった。しいて理由があるとすれば、大企業のエリートたちのもつ意識に厭気がさしたせいかもしれない。

ビール二本とつまみがテーブルに置かれた。玉城は撮影の余波から脱けきれないのか、顔がまだ昂揚していた。相手を落ちつかせようと祥司はスタジオの光景を話題にした。

「いいモデルさんじゃないか。あれだけのルックス、よくみつけたな。成長株だね」

「田所のことか。麻美はおれがみつけたわけじゃない。クラブのリストから択んだだけさ」

「いくつだい」

「二十四、五、いや、もっとだったかな」

「それにしては若くみえる。ハイティーンかと思ったよ」

「おまえのお世辞、あいかわらずだな」

ふたりは他愛のない話をしながら、まず一本目を空けた。

「ところで……」

玉城はやっと仕事の話に興味をしめした。

「うん。まだ最終決定したわけじゃない。競合は五社。そのなかの一社からの発注で、ない知恵を絞ったって、いうわけ。三社はもう落ちたけどね、手ごわいのが一社のこっている」

「由岐さんからのお声がかりかい」

玉城は皮肉っぽく唇をゆがめた。由岐洋一は祥司のかつての部下だった。玉城は広告会社のエリート社員が苦手らしく渋い顔をした。

「ああ、そうだ。ユキちゃんからだ」

由岐は頭脳明晰で、機転のきく若者だった。それが玉城の癇にさわるらしかったが、祥司は意に介せず本題に入った。

「世界遺産に指定された集落、俊さん、あの合掌集落、知ってるよね」

「日本のど真ん中にある秘境？　なまえだけは聴いたことがある」

「いまは秘境とは言えないけどさ……」

地域ぐるみ世界遺産に登録されてから、この集落を知ったひとも多い。三大秘境のひとつといわれた集落も信州と飛騨をさえぎる山脈をトンネルが貫通し、いまは首都圏からも車で日帰りコースになろうとしていた。

「興味あるかい。俊さんにおあつらえ向きじゃないか、と思ってね」

「世界遺産のキャンペーンなんて夢だよ。それ、おれにやらせてくんない」

勢いこむ玉城をながめて、祥司の視線が揺らいだ。

「どうした?」

玉城は敏感に反応した。

「世界遺産の魅力は、仰せのとおりなんだけどね、ただ、スポンサーが、俊さんのお気に召すか、どうかとね」

「どこだい?」

「開局五十周年の記念特集でね、大手なんだ」

「おい、焦らすなよ」

玉城の声がすこし高くなった。

「電力だ」

祥司がそう言うと、玉城はふいに射るような眼をした。やはり気持ちにデリケートなこだわりがあるのだろう。

「接点がいまいち、よくわからんな。電力会社と合掌集落ねぇ」

「やっぱり……、か。反原発の俊さんだもんな。まあ気をわるくせんでくれ」祥司はなだめる口調になった。「電力会社もこれからは世論を味方にしなけりゃ、やっていけない時代だからね。地方自治体と住民の歓心を観光キャンペーンでとりこもうって作戦なんだ」

「そんなことだろうと見当はついたんだが……」

「お察しのとおりだ。大地震あり不祥事ありで、操業もたいへんだし、新規の立地もむずかしい。そこで映像を空母になぞらえて、新聞と観光ポスターで護衛船団を組み、イメージ・チェンジをねらおうってわけ。俊さんとドキュメンタリー大賞の再度の受賞、というのは、どうだい」

祥司はいつのまにか饒舌になっていた。

「カモフラージュなんだな。また業界の嗤い者になりそうだ。悩ましいね、フグは喰いたし、毒は怖しだ」

玉城の声が低くなった。一瞬、祥司は口を噤んだ。が、すぐ諭す口調になった。

「忘れろ。むかしはむかし、いまはいまだ」

「他人ごとだと思って……」玉城は憑かれたように喋った。「あのころは無知でな。あとで知ったんだが、あの仕事は引き受け手がなかったんだ。いや、たとえわかっていても引き受けたよ。なにしろ独立したばかりで、まともな仕事なんぞありはしない。街のちらしのたぐいばかりで、食うにもこまっていた。そこへゲンパツの仕事だ。予算をみて夢かと思った。おれは阿呆だから躍りあがって反社会映像を撮りまくった。ゲンパツ・タマキ、と蔭で囃し立てられているとも知らずによ」

「その裏話は業界の伝説だ。だがな、撮り手が新人だったということは、いまではみんな理解してるよ。俊さんはいまや押しも押されもしない、リベラル派の有名カメラマンじゃないか」

「ま、しかたがないか。臑の傷は消すに消せんからな」玉城は自嘲した。「それにしても電力会社のキャンペーン基地に合掌造りの里を択ぶ、とはな。着想はわるくない。野崎祥司はやっぱり腐っても鯛だ」

妙な褒めかたをする玉城に、むかしの面影がかさなった。

「鯛はありがたいが、腐っても、は、ないだろ」祥司はわらって聴き流した。「それを言うなら、転んでもタダでは起きない、とでも言ってくれたほうが励みになる。黒四ダムのようなスケールの映像をつくりたいね」

「うん、着想はいい」くりかえし玉城はそう言った。「だけどなぁ、透け透けの裏工作だけは払いさげに願いたいよ」

　広告による世論操作に玉城は異常なまでにこだわった。

「そこまでだ、俊さん。そこまで。言いたいことはわかってる。たぐいまれなる批評精神は、ほかで発揮してくれ。商売、商売、どこまでいっても商売だ」

　祥司がことばにちからをこめると、玉城の眼の光がふいに弱くなった。

　その眼が十数年まえの同居人の顔にかさなった。

　祥司が玉城俊二にはじめて出会ったのは、小さな印刷会社の社員寮であった。大学への進学を機に郷里を離れたいと望んだ祥司に、その寮から通うのなら、という条件で父が願いをかなえてくれた部屋だった。会社は母方の伯父が経営していて、撮影スタジオもあり、それなりに体面はたもっていた。祥司は寮から通える大学を択び、好きな文芸を専攻した。ところが寮とは名ばかりで、階下に住む老夫妻から会社が借りあげた六畳のひと部屋だった。スタジオでカメラ助手をしていた玉城と同居する破目になり、一人一部屋、と勝手に決めこんでいたのがはずれて、郷里を出奔できた解放感はたちまち半減した。

　玉城もたまたまおなじ大学の夜間部に通い、映像技術を学んでいた。

「おまえさんは芸術家のタマゴかい」

寮の新参者にたいする玉城の第一声だった。

「そんな、畏れ多いものではないけど……。シナリオには興味があります」

伏し眼がちに祥司はこたえながらも、窓辺に吊り下げられた玉城のカメラマン・コートや薄汚れたジーンズにはつよい関心をもった。

「ふん、シナリオか」玉城は眼をそらした。「おれの仕事は宣伝写真だ。あんたの伯父さんにこき使われているちらし作りの、たかが印刷工さ」

仕事場から戻ると、玉城はすぐ大学へ向かったが、寮に帰ってからも、しばしば会社から呼びだされて、十二、三時間の労働がふつうのようだった。だが祥司は、講義を数時間ほど聴講するだけで、部屋に戻れば畳に寝ころがって映画の理論書やシナリオを読みふける日々だった。その時間の落差が、ふたりを溶けこませない決定的な素因となった。というより、玉城が祥司を学友として受け入れようとしなかったというのが事実に近い。

「おれはしょせん、万年助手だよ」

玉城の常套句だった。それを毎夜くりかえして聴かされると、職場の不条理が社長の甥のせいでもあるように聴こえて、祥司は耐えがたかった。指先でめがねの蔓を押しあげ、眉間に皺をきざむ玉城の視線から身をかわそうと、そのうち名カメラマンになりますよ、と言って祥司は慰めた。すると、名カメラマンになるにはほど遠い環境だと言って、愚痴はいちだんとしつこくなった。祥司は伯父だけでなく父までも逆恨みするという倒錯した心理に陥った。が、夏休みまえ、最後の講義を受けて部屋に戻った日、玉城の私物のいっさいが消えていた。かれは愚痴のあと決まってふるさとの山と水の美しさをくりかえし語っていたから、帰郷したのだろうと思ってみたりもしたが、それもいつしか思いだすこともなくなった。

卒業後、祥司は広告会社の映像部門で八年ほど仕事をしたあと自立した。事務所を持って数年がすぎたとき、ひとりのカメラマンがとつぜん訪ねてきた。玉城だとはすぐには気づかなかった。

「年鑑をみたときは、びっくりしたよ。野崎が脚本家になっているとは……」

顔からあの陰鬱な面差しは消えていた。スポーツ刈りにし、めがねをはずしてコンタクト・レンズにした男を祥司は面映ゆくながめた。

玉城は大手の印刷会社の写真部に移ったが、その後、映像の分野に転向して独り立ちをした、と、いきさつを話しはじめた。昂揚した口調に、過去の印象を払拭したいという気持ちが滲みでていた。が、語ることばの裏に、苦難に充ちた道のりが容易に想像できた。

「いやぁ、奇遇だね」祥司は愛想よく応じた。「いずれ仕事をお願いするときがあるかもしれない」

玉城はうれしそうに右手を差しだして握手を求めた。

それがきっかけになって、ふたりの縁はかたちをかえて復活した。演出をまかされたとき、祥司は玉城のカメラをつかった。玉城は祥司の撮影の意図に修正を求めることもあったし、俯瞰より仰ぐ位置のほうがいいとか、そういう狙いならアップで追ったほうが効果的ではないか、などと現場で率直な物言いをした。撮った画がすべてを証明した。試写室で未編集画像を観て、あ、と言わせる画面が出現すると、現場で無視された感情のしこりはたちどころに消えた。こうして、どこの撮影現場でもみられるディレクターとカメラマンの小さな諍いをくりかえしながら、ふたりは仕事がおわるとよく呑んだ。

この日も、陽の高い時刻からいつ果てるともなく酒席はつづいた。陽の翳るころにはテーブルのうえにいつのまにかビールの空瓶が何本も乱立していた。

二

玉城のスタジオを訪ねた日から幾日もたっていなかった。思いもかけない場所で、思いもかけないひとに祥司は出会った。いや目撃した、というのが正確な言いかたかもしれない。医師会館の玄関へ通じる歩道に脚を踏み入れようとしたとき、背後からゆっくりとあらわれた黒塗りの大型乗用車が地下の駐車場へ向かって速度をおとした。なにげなく助手席をながめて、その偶然に祥司は思わず声を抑えた。麻美が坐っていたのだ。スタジオの撮影のときの黒いコスチュームは深紅のスーツにかわり、麻美は妖艶な女になっていた。ハンドルを握っていたのは白髪まじりの短軀だが貫禄のある男だった。

祥司は正面玄関のガラス戸を押して会館の二階へあがった。赤い絨毯を敷きつめたロビーにひとの気配はなかった。妻の絵里に急用ができたので、祥司はひとり応接椅子に腰をおろし、予約時間を待った。

眼のまえに、鉢植えのゴムの木が天井近くにまで背丈を伸ばしていた。かさなりあった肉厚な葉のすきまから、総ガラス張りの喫茶室がみえた。ながめるともなく視線を泳がせていて、女と男が向きあっているのが眼にとまった。ほかに客はいなかった。深紅の服の背中越しに、こちらに顔を向けていたのは車を運転していた男だ。個人医院の院長が、所用があって訪ねてきた、というそんな感じがあった。横顔のときは髪全体が白髪まじりの印象だったが、正面からながめると生え際がすこし後退していた。たえず動かす部厚い唇に威圧感があった。麻美は気圧されるように、男の話を俯きかげんに聴きながら、ときどき頷いていた。ふたりの雰囲気は、あきらかに父と娘ではなく、金銭を介しての繋がりが想像できた。他人の仲を盗み見している自分をうしろめたいとは思いながらも、祥司はふたりから眼が離せなかった。

娘の詩穂の名を呼ぶ声がした。ふりかえると、若い女の看護師が診察室の入口に立ってこちらをながめていた。祥司はもういちど喫茶室に視線を戻したあと、ゆっくりと立ちあがった。

白衣の若い男がこちらを向いて坐って待っていた。向きあって腰をおろした祥司に、どうしました、と医師は問いかけた。娘の症状について助言を求めるためにやってきた父親だと知って、男はやさしい眼になった。爪を噛み、噛むたびにさらに苛立って爪を囓りとる娘の指は、いつも血を滲ませていた。中学生になって、その症状がいっそうひどくなった。状況を短く話すと、医師は机上のパーソナル・コンピュータに向きなおった。キーをたたいて娘の症状を打ちこんだあと、なおもキーボードから指先を放さず、ご家庭が厳格というようなことはないですか、と訊いた。マニュアルどおりの研修医の質問に思えて、すこし苛立つ気持ちが起きたが、無料相談であることを思いだして鄭重に事情を話した。言いたい放題なのは娘のほうであり、自分は娘に言いたいことさえ我慢している、といったようなことを訴えた。医師は頷いて、年頃になるとよくあることです、と言いながら電子カルテに症状を打ちこむと、キーボードから指先を放した。あと二、三の問診とやりとりはあったが、期待したほどの収穫はなかった。最後に医師は、不安定な状態がつづくようでしたら心療内科を訪ねられるのもいいですね、と言って、祥司の住む地域のクリニックのリストを手渡した。

診察室をでて、喫茶室のほうを窺うと、男が麻美を従えてロビーへでてきたところだった。絨毯を踏みしめ、威勢よく事務室のある方角に歩きだそうとして、男は脚をとめ、じゃぁ、な、と麻美に太い声で念を押すと、また大きな背中をみせた。麻美はエレベーターのまえで見送っていたが、ふいに身を翻すと、横の階段を足早におりて姿を消した。

その数日後、祥司はまた麻美に出会った。医師会館のときのような偶然は、だれもがひとつやふたつはあると思えるが、そのときは、白昼の路上で奇妙なかたちでおきた。

車で信号待ちをしていると、左側の歩道に立っていた女が、ふいに近づき、助手席の窓ガラスを叩いた。女の立つ位置がまぢかすぎて顔がわからなかった。信号が青にかわった。後続車の警笛に急かされ、祥司はとっさにハンドルを左にきって歩道沿いに車を寄せた。助手席の背もたれ越しに斜めうしろを窺うと、こちらに向かって駆けてきたのは思いがけなく麻美だった。馴れたしぐさで助手席に乗りこむと、彼女はいきなり、いいお店、知ってるわ、と浮き浮きとした声をだした。

食事をしながら、ふたりは奇遇のおかしさをくりかえし話した。

「スタジオのあなたは、すてきでしたね」

祥司は若いモデルの眼をみかえした。が、医師会館のときの光景にはふれなかった。

「先生はテレビや映画の脚本を書かれていて、ディレクターもなさってるのね。ボスから、有名な先生だ、って聴きました」

麻美の眼につよい好奇の色が浮いた。

「玉城のほうがずっと有名人ですよ。かれはドキュメンタリーでは腕利きのカメラマンですからね。ぼくの映像の意図を汲みとってくれるのは、玉城しかいません。テレビの広告でも稼いでいますから、いっぱしの事業家でもありますよ。それにくらべりゃ、ぼくなんぞ一介の下請け労働者にすぎません」

「一介の、だなんて……。すてきな事務所をお持ちなんでしょ」

麻美はフォークとナイフを持つ手をとめ、黒眼をいっそう大きくした。

「いやぁ、やっぱり、下請け労働者ということばがぴったりですよ。テレビ局や広告会社から提供された材料を加工して、台本に仕上げる仕事ですから」ステーキを頬ばりながら祥司はわらった。「ボスのような辣腕もないので、ときどき演劇や映画の批評も書いたりする、その日暮らしです」

「え、批評も?」麻美の眼が一瞬大きくなった。「じゃ、言っちゃおうかな。わたし演劇少女だったの。地方の小さな劇団から、大志を抱いて上京してみたものの……、って、どこにでもあるケース」

「そうですか。いろいろ、ご苦労さま」

麻美に向ける祥司の眼がなごんだ。

「演技は下手で、素質に疑問あり、でしょ」麻美は饒舌になった。「それにモデルは職業年齢がきびしいし……。両方のマイナーを補おうと、いま奮闘中なの」

若い女の身元調査は、どうやら相談ごとに発展する気配だ。

「ほう、奮闘の中身を聴かせてください」

「羞ずかしいけど言っちゃいますね。シナリオ教室へ通って勉強中なの」

「それはいい。いい方向ですよ」

祥司はそそのかすように言った。

「わたしのも、いつかは読んで批評してください」

若い女の遠慮がちな眼差しに、祥司は深く頷いた。

「おいしいコーヒーつきで、読ませていただきます。事務所の近くにうまいコーヒー屋があるのですが……。風変わりな店長も紹介しますよ」

「風変わり？　店長さんが、ですか」

「そう、かたくなまでにこだわるマスターでしてね。バック・ミュージックは、終日、シューベルトの曲しか流さないのです。それが気に入って、ぼくには恰好の息ぬきの場所になってはいるのですが……。昼日中から、若者の恋をなつかしく偲ぶ歌曲に入り浸っているというのは、ま、原稿が売れない証左でもあるわけです」

「そのお店、もしやカフェ〈菩提樹〉という店じゃありません？」

「えっ、知ってるのですか。そう〈菩提樹〉という名です。店の名をシューベルトの〈冬の旅〉の第五曲から頂戴した、なんて言ってね、マスター、胸を張ってますよ」

「ボスに連れていってもらったんです。気に入っちゃったので、それからもときどき……。先生のところのプロデューサーも、そのお店でボスに紹介されました」

「遠田という若者でしたか？　遠田幸太」

「そうです。そのかたです。そのときは、友人の部下だよ、と言って……」

「世の中はせまいね、遠田と知り合いとは。ボスと呑み会をやるときは、たいてい、あの店で落ちあって、居酒屋なんかへ繰りだすのですよ」

祥司は恋人と向きあっているような気分になって、ひさしぶりに若い会話を愉しんだ。

「あのお店へ原稿をもっていけるなんて、ラッキー。そこで、先生に会っていただけるなんて、夢みたい」

麻美は少女のようにはしゃいだ。ふたたびフォークとナイフを操る指は細く華奢だった。祥司は吸いこまれるようにその指先をみつめた。が、つぎの一瞬、視線をとめた。爪を囓りとられた指先が娘の指とかさなった。それに気づいて麻美の黒眼から光が消えた。

「だいじょうぶ。爪は、すぐ伸びてきますよ……」

そう言いかけて、眼を伏せた麻美に気づき、祥司は焦った。

「娘の指とおなじだったのでね。つい失礼な言いかたになってしまった」

中年男の威信をとり戻そうと、祥司は弁解がましく言いわけをした。麻美がかすかにわらったような気がした。

「まじめなかたなのね、先生」

男を試す年増女のようにゆるめた口もとが、ふいに成熟した女に思えた。

祥司は戸惑った。高級車を運転する男の姿に彼女をかさねてながめた。これが麻美の素顔かもしれない。

会話がとぎれた。ふたりの出会いは気まずい別れになった。麻美の眼に浮かぶ哀しみの色が、別れてからも祥司の脳裡を去らなかった。


そのときの光景が数日、思い浮かんだり消えたりして迷ったが、背中を押されるように、祥司は麻美の所属するモデルクラブに電話をした。業界では名のとおったクラブで、仕事の関係で祥司もたまに利用することがあった。

麻美の苗字をつたえると、しばらく沈黙していた男は、あなた、どなた？と尖ったことばをかえしてきた。対応がふつうではなかった。口調に詰問する気配が滲んでいて、女と特別なかかわりのある男と決めつけるような、そんな底意が感じられた。意識して名乗らなかったのが相手の不快な対応を惹起したのだろう。医師会館で出会った初老の男の姿がふと浮かんだ。クラブでは日常おきる問題にちがいない。祥司は迷いを収めて、社長さんをよく識っている者です、と送受話器に向かって言いなおした。それでも相手は譲ろうとせず、またしても、あなた、どなた？　と抑揚のない声をくりかえした。祥司はしかたなく名乗った。脚本家のなまえに相手は気づいたのか、一瞬、息を呑む気配があった。とり継いでくれそうな期待がふくらんだ。が、ご用件は？　と男はいちだんと慇懃な声になった。ご本人に直接つたえます、とだけ言って、祥司は返事を待った。田所麻美は辞めました、と男はこたえた。

「なぜ最初にそれを言わないのですか」

祥司はつい声に感情をだした。男は沈黙した。

「じゃ、自宅の番号を教えてください」

相手に負けず、祥司もいつのまにか執拗になっていた。

「それは本人の希望でお教えできません」

男はそれも拒んだ。

「本人の希望？　ですか」

祥司は思わず念を押し、麻美の複雑な人間関係を想像して気持ちが沈んだ。

「ええ、どなたにも、と本人から言われています」

男は、すみません、と言って、はじめて申しわけなさそうに謝った。

祥司は年甲斐もなくクラブへ電話をした衝動を愧じた。しばらく思案していて、その場から玉城に電話を入れた。

「先日はご馳走になったな」祥司はさりげなく話の糸口をつくった。「田所さんの撮影、あれは、もうおわった？」

「うん、なんとかな。新しい仕事、大歓迎」

如才なく声をかえす玉城に、祥司はすかさず一歩踏みこんだ。

「彼女、元気かい」

「おお、元気、元気」

玉城の声に屈託はなかった。

「クラブを辞めたらしいね」

祥司はさりげなく探りを入れた。

「それは事実に反するがね、ま、いろいろと事情があるのだろう」

玉城は愕くふうもなく、ふくみ笑いをした。

「事実に反する？」

「ああいう子だろ。また、おじさんのファンでもあらわれて、追いかけられているのかもな」気のせいか玉城の声も沈んでいた。「ときどき所在不明ということにして、逃げているのだろう。クラブぐるみの隠蔽、ってやつかな」

自宅の番号を教えてください、と口走った台詞が祥司の記憶の底によみがえった。なぜこんなことになってしまったのか、いきさつをふりかえって気持ちが萎えた。

三

年の瀬になると、玉城は忘年会を主催した。居酒屋での小さなあつまりだったが、毎年、祥司には声をかけてきた。映像の関係者のほかに、彫刻家や画家、酒場のオーナーなどもいて、その年は二十人ほどのなかに麻美の顔があった。はじめて招かれたようだった。医師会館のときの愁いの色は払拭され、いつものモデルの顔に戻っていた。が、着衣はあのときとおなじ深紅のスーツだった。

祥司がメンバーの常連であることを事前に知らされていたのか、麻美は意外にも親しみをこめて会釈した。祥司は盗み見をとがめられた少年のように視線をすこし宙に浮かせ、あたまをさげた。麻美の消息を尋ねたことが記憶にあったのか玉城が祥司の横に彼女をさりげなく坐らせようとした。が、それにあらがうように、麻美はわざとらしく玉城とならんで坐った。祥司はふたりと向きあう破目になった。

業界の噂話からはじまるのは会の恒例だが、やがて乱れに乱れていくのも、いつものなりゆきだった。その夜も宴は次第に騒がしくなった。祥司はかなりの分量を呑んだはずなのに、麻美と視線があうたびに初老の男の顔がかさなって、流れに乗れないいままに時間がすぎた。

接待に忙しかった玉城が席に戻ってひと息ついた。

「どうした祥ちゃん。なんだか元気がないなぁ」

玉城はふしぎそうに眼を細めた。

「ああ、愉快だよ。じつに愉快」

あわてて頷く祥司を麻美の眼が興味深そうにみつめた。

「きょうはイヴだ。宵越しで呑もうぜ」

メンバーのひとりから洩れた声に促されたように、あちこちで二次会の詮議がはじまった。

宴がおわって祥司は上がり框から玄関ロビーにおりた。大きな木札に吊された鍵をシューズ・ボックスの鍵穴に差しこもうとした。が、酔いがまわったのか、足もとがすこし不安定になって、鍵が揺れた。木札はむかしの銭湯から着想をえたものらしく手のひらほどの大きさがあった。祥司がもてあましていると、横合いから細い指先が伸びて木札をとりあげた。麻美だった。祥司の靴をシューズ・ボックスからとりだして手渡しながら、麻美は祥司の耳もとに唇を寄せた。

「先生、あのお店で待っていて」

奇遇のおかしさを語りあったレストランの名を囁くと、麻美はそしらぬ顔で外へでていった。二次会の場所ぎめをする仲間たちの声が表通りから賑やかに聴こえた。やがて、いくつかの群れにわかれた酔客たちの一群に、麻美はさりげなく紛れこんで夜の街の喧噪のなかへ去っていった。遠ざかる背中をながめ、祥司が呆気にとられていると、さきほどからようすをみていたのか玉城が近寄ってきて、どうだい、と言って誘った。が、無理じいはしなかった。

祥司は娘にクリスマス・ケーキを買うつもりで、ゆっくりとした足どりで歩道に踏みだし、タクシーに向かって手をあげた。後部座席に坐っても行く先がさだまらない客を、運転手は辛抱づよく待った。酔いのせいがあったかもしれない。気がつくと、祥司は麻美の言った店の名を洩らしていた。車は酔客の群れる沿道から離れると急に速度をあげた。自宅とは反対の方角に向かう車窓にぼんやりと視線を投げながら、祥司は血の滲む娘の指を思い浮かべ、胸の底が重くなった。運転手はハンドルをていねいに捌きながら店のまえに車をとめた。

レンガを敷きつめたアプローチがイルミネーションに照らされて奥へ延びていた。祥司が一歩踏みこもうとしたとき、植え込みの暗がりから低い女の声がして、深紅の腕が祥司に向かって伸び、コートの端にちからがこもった。

「来ていただけないかと思った」

麻美の視線に酔いが浮かんでいた。祥司を歩道へひき戻した麻美は、素通りする空車に向かって根気よく手をあげつづけた。

イヴの喧噪がとつぜん消えた。ふたりを乗せたタクシーは二十分ほど走って、邸宅の塀がつづく路地の一劃にとまった。柊の生垣に囲まれた広い敷地のなかで欅の大樹が夜空に枝をひろげていた。それが二本や三本ではなかった。麻美はさきに立って、祥司を導いた。庭園とは不釣りあいなモルタル造りのアパートが眼のまえにあらわれた。年代物の鉄の階段が外壁にとりつけられ、二階の通路の北側が吹きさらしになっていた。祥司は靴音をたてないで、左側にならぶ木製の鎮まった扉のまえを通りすぎた。ふたりのあいだに会話はなかった。麻美は最後の扉のまえで脚をとめた。

扉があくと三和土につづいて、いきなり板敷きの台所になっていた。中央に小振りな丸い卓袱台が置いてあり、そのうえにパーソナル・コンピュータと二百字づめの小さな原稿用紙が置かれていた。ときおり、旧型の冷蔵庫が場違いな音をたてたが、すぐ鎮まった。視線を奥へ移すと、襖をとりはらった和室越しにベランダがみえ、季節はずれの風鈴がひとつぶらさがっていた。葉を落とした欅の小枝も夏になれば緑が濃くなり、そのあいだを通り抜ける風が風鈴の澄んだ音をたえまなく部屋に運んでくるのだろう。華やかな職業からは想像のできない光景だった。テレビの受像機さえなかった。仕事を離れると、外との繋がりをそれほどまでにして断ちたいのだろうか。こちらのほうが麻美のほんとうの素顔のようにも思えた。

卓袱台をはさんで祥司は麻美と向きあった。

「こんなちっちゃい部屋なのに……」麻美は声をひそめてわらった。「入居のときに面接があったのよ」

酔いが去ったのか眼が澄んでいた。

「ほう、面接ですか」

「面接したのは眼の不自由な大家さん。白いひげのおじいちゃんよ。若い女の独り暮らしはいかん、って言うの。がんこそうなおじいちゃんだった」

麻美はおかしさをかみ殺すようにわらった。

「眼がみえないのに、面接?」

「奥さんがそばにつきそっていたの。品のいい白髪のおばあちゃんでね、わたしのことを、とっても感じのいいお嬢さんよ、と言って、とりなしてくれたの。それに、美しいかただわ、って」

麻美は片眼をつむってみせた。

「おばあちゃんの証言に偽りはありません。田所さんは美女です。で、あなたは、みごとに合格したってわけだ」

祥司もつられて、口調がかるくなった。

「それでもおじいちゃん、お説教をやめないのよ。かたぎにならんといかん、って。モデルなど、はやくおやめなさい、って」

麻美は卓上のコンピュータと原稿用紙を床に移すと、冷蔵庫からアルミ缶を二個とりだして一個を祥司に手渡した。

「ほお、なかなか手きびしい爺さんだ。それにしても、家賃が入らなくなったら、爺さん、こまるだろうに」

ふたりは他愛もなく声をあげながら、アルミ缶の上蓋を小さな音をたててあけると、ビールをのどに流した。

「でも、おじいちゃんの言うとおりよ」麻美はしんみりとした声になった。「わたしの仕事はやっぱりやくざ稼業よね。先生はモデルという仕事、どう思われます?」

すこし首をかしげ、麻美は祥司の眼を覗きこんだ。

「美の世界を創造する夢があって、いいですね」

「ほんとにそう思われます？　美の世界を創造しようとするのは、それ男のひとの夢じゃありません？　そうおっしゃるのは、もしかしたら、わたしが女だからじゃない？」

麻美が眼を潤ませたような気がした。

「そうですねぇ」祥司は戸惑った。「夢をつくるのが台本屋で……、美を創造しようとするのは写真屋かもしれない」

口ごもる祥司を、麻美は正面からみつめた。

「先生をこんな話に巻きこんじゃって……、ごめんなさい。でもね、先生。演技というにはほど遠くても、わたしにとってモデルの仕事は、やっぱり表現の仕事なんです。脚本家やカメラマンが仕事としてみられるのに、モデルの演技がなぜ女を前提にみられるのか、そう思うと、ちょっと辛いのよね」

麻美が単なる憧れでモデルの仕事をしているのではないとわかって、祥司は胸に痛みを感じた。かえすことばをさがそうとしたとき、誇りを傷つけられているらしい女はため息を洩らした。

「いつも寂しくなるんです、わたし。なぜそうなるのかわからないけど」と麻美は言った。「撮影のあと、男のひとに誘われると、あ、このひとも、って……。どのひともおなじに思えてしまうんです」

「すこし被害妄想かもしれないね」

祥司はなだめるように言った。だが麻美は、日ごろ抑えていることを全部聴いてほしいというふうに喋り継いだ。

「誘惑を拒んだあと、いつもへんになるの。なぜだか、たまらなく寂しくなるのよね」麻美の口もとがかすかにゆがんだ。「気がつくと、街角にぼんやりと立っていることがあるの。二度や三度じゃない、なんどもあるわ。家族持ちの男ばかりなの。女房がいても寂しいときがあるよ、なんて囁かれると、そういう気持ち、とってもわかるの。そのくせ、しあわせそうに生きている男たちには、なぜか復讐したくなってしまうのよね。なにか怨みでもあるみたいに……」

若い女の告白が不気味な物語に聴こえた。初老の医師の顔を思い浮かべた。祥司はからだが慄えた。誘いにのって部屋にきてしまったのを悔いた。あの白髪の男も、街角で麻美の罠にかかった男のひとりなのだろうか。

麻美は寂しがり屋の、たんに無防備なだけの、愛すべき女にすぎないのだ、と祥司は思おうとした。わるびれない告白も正直に思えたし、年増女のような口の利きかたにも愛嬌があった。彼女を不幸にしているのは、彼女自身が放つフェロモンのせいなのだ、そう思うと、麻美に群がる男どもに肚がたってきた。

「それはそれで、いいではないですか」思いがけない呟きを祥司は洩らした。「街角で獲物を待ちかまえるのも……。それが金満ドクターであろうと、女を見下す男であろうと、たとえ妻子があっても、言い寄ってくる男どもを存分に操ればいいのです」

憤然と言い放つ男を女はふしぎそうにみつめた。

「女を武器にして、ひらきなおれ、ってこと？」

麻美は謎めいた微笑を浮かせた。

「そうです。暗く思いわずらうことなどありません。平然と稼ぎなさい。したたかに稼いで、独り立ちすればいいのです」

「わたしに、そんな度胸があるとは思えないけど……。そう考えられれば、気持ちがすこし解放されるかも」

麻美の声に安堵と甘えがまじった。

「街角に立つまえは、あなたのほうから好きになったひと、いたのでは？」

祥司は自分でも予期しなかった質問をした。

「むかしのことね」麻美の眼がまた遠くなった。「わたしを好きになったせいで、入院してしまった同級生がいた。かれ、なんでもわたしの言うとおりになるのよね。社会人になってからも、好きだ、好きだ、の一点張りだった。結婚しようよ、と、それしか言わないの。でもねぇ、そんなのと向きあっていると、愛されるって、どういうことなんだ、ってね、冷めてしまうのよね。わたしって」

気負った台詞に気づいたのか、厭だぁ、と麻美は小さく叫んで、羞じらいの色を顔に浮かべた。祥司は頷き、つぎのことばを促した。

「かれに四六時中つきまとわれて、わたし、とうとう人通りの多い路上でパンチを喰らわせちゃった。そしたら鼻血だして、それきり連絡してこなくなったの。かれが入院している、って別の友人から知らされて、ちょっとかわいそうなことをしたかなって、見舞いにいったのね。そしたら、胃に穴があいた、って言うの。そんなことってあるのね。信じられなかった。いまは反省してる」

祥司は麻美の爪嚙みの指を思い浮かべて、息苦しさから逃れるように視線を床に落とした。

「二百字づめの原稿用紙がまだあったのだ」

祥司の視線に気づいて麻美は顔を上気させた。

「もう桝目をつかう時代じゃないのに……。でも棄てられないの、これ」

「むかしは二百字づめが打ち出の小槌だったよ。部屋にあげてもらったとき、おお、同業さんじゃないか、って、すぐ察しがつきましたよ」

「いじめないでください、先生。いまのわたしは、やくざ稼業の姐御です」

麻美の眼に羞恥と生気が入りまじった。

「あなたの志、ボスもよろこんでいるでしょう。読んでもらって批評してもらいなさい。かれは賞も数多くとっている、とびっきりの優良株です」

麻美の眼の底が翳ったように思えた。

「ボスは写真家としては一流だし、尊敬しています。わたしを大事にしてくださっているとも思ってます。でも、男のひと特有の女性観をお持ちだな、って……、そんな気がします」

「リベラルな男だと思っていたけど……。やつ、そうじゃないのですか」

「そうじゃないみたいです。シナリオなんて、そんな修羅場、よしな、って」

「たしかに修羅場にはちがいない」

祥司は玉城が言ったというその台詞に感じ入ったように頷いた。

「女は家庭に収まったほうが楽だって、とりあってもらえないの」

「ボスは、あなたの才能の有無を言おうとしたのじゃなくて、女性には、男が望んでもえられないようなしあわせな道がある、と、たぶん、そう言いたかったのだと思いますよ」

「家庭のしあわせ、というのは理解できます。少年のときはずいぶん苦労なさったようだから……」

「かれ、そんなに苦労人だったのですか。知らなかった。ぼくには話してくれないのでね」

「おとうさんは町の公務員だったらしいけど、おかあさんは弟妹をのこして、男と町をでていってしまった、と言って……」

「ボスの女性観の原点がすこし見えてきたようだ」

「先生、これオフレコということにしてくださいね」

麻美の眼が懇請した。

「だれにも言いません」

祥司はきっぱりと約束した。

「ああ、よかった。あすからも路頭に迷わなくてすみそうだわ」

麻美はそう言い、声をあげてわらった。

会話がとだえた。そのとき部屋の空気がかすかに動いた。気づくと、深紅のスーツが位置をかえ、祥司に寄り添うように坐りなおした。

「わたし、プロの先生にお会いしたの、はじめて」

耳もとで囁く声に、立ちあがろうとした祥司の膝がとまった。部屋をでないといけない、という気持ちと離れたくないという気持ちとが、祥司のなかでせめぎあった。麻美の眼の奥に歓喜と絶望の入りまじったふしぎな色が浮かんだ。

「ね、先生、ハグして」

ふつうでは言えない台詞を麻美はためらうふうもなく言ってのけた。外国映画では見馴れた光景だが、彼女の声に儀礼の響きはなかった。次第に重くなる部屋の空気にあらがうように、ベランダから凍えた風鈴の音が聴こえた。ガラス戸が闇をわずかにのこして仄白く浮きあがっていた。

祥司はさりげなく腕時計に眼をやり、脱ぎ棄てたコートを手もとにひき寄せようとしたとき、腕に女の柔らかい体温がつたわってきた。その感触は男の本能を刺激せずにはおかなかった。祥司の脳裡にフラッシュ・バックが流れた。高級車の助手席に坐った女、街角にひっそりとたたずむ女、その姿態には謎が多かった。過去の男たちがさまざまに絡み、浮かんでは消えた。それを見透かしたように、麻美の唇から吐息が洩れた。

「先生、わたしを、嫌い?」

消え入りそうな声に、祥司は怖れに似た感情をいだいた。が、本能の趣くままに自堕落に生きてみたい、という情念に突き動かされたとき、腕のなかに麻美がいた。胸の弾力にこたえるように両腕は女の細い腰を乱暴に抱きしめた。どれだけそうしていただろう。若い唇はやわらかくて冷たかった。彼女は魔性の女かもしれない。愛すべき魔性とそうでない魔性とがあるとすれば、麻美の魔性は愛すべきたぐいに入るにちがいない。が、女にたいする警戒心はついに払拭できず、不用意なひとことを祥司は洩らした。

た。

「いまは、だれの女？」

後悔することがわかっていながら、結局、祥司はたしかめないではいられなかった。

麻美の眼が動きをとめた。愕きと侮蔑の入りまじった眼の色は、正視に耐えないほど深く翳っていた。小さな手のひらがちからまかせに祥司の胸をぐいと押し、彼女のからだは瞬時に腕から遁れた。

「だれの女でもないわ」呟く麻美の眼が暗く濁った。「わたしは、わたしだけのものよ」

祥司のなかに巣喰った一匹の黒い虫が、部屋の熱気をいっきに冷めさせた。ながい夜は呆気なくおわりを告げた。

祥司は朝靄のなかをやや俯きかげんに歩いて、心のなかの嵐を収めようとした。柊の生垣を抜けて、邸宅の連なる路地にでたとき、空車のタクシーが祥司の横でタイヤを軋ませた。このようすを垣根の蔭にうずくまった人影が見張っていた。が、祥司は気づかずタクシーに乗りこんだ。

後部座席で腕を組み、祥司は眼をつむった。麻美はそれまでかれがいだいていた女の偶像を徹底して破壊した。だが本能の渦にまきこまれなかったのは僥倖だった。共有した時間はわずかではあったが、その夜の記憶は脳裡に色濃く刻まれ、イヴのふしぎな残像はその後もふたりをながく繋ぎとめた。

祥司は麻美の部屋にしばしば身を隠す自分を想像した。しかし、選択肢は彼女の掌中にあった。その後、麻美が部屋に祥司を招くことは二度となかった。独り暮らしの女がみずからに課したルールなのだろう。妻子のある男が未婚の女のルールを犯す権利はどこにもなかった。

四

寒季が過ぎて、梅が咲き、櫻の蕾がふくらむ季節になった。事務所に一枚の絵はがきが届いた。未知の国の切手に消印が押され、イースター島のモアイ像が描かれていた。差出人は麻美だった。添え書きに、いま百日間世界一周の船旅の途上、と記され、旅費は金満ドクターとの手切金、とあった。女と男の繋がりを麻美流に断ちきったのだろうか。ボスには報告無用、と書き添えてあった。あいかわらずの言いまわしが気に入って、祥司は声をころしてわらった。そして末尾に、帰国したら〈菩提樹〉でお会いしたい、と書かれていた。その箇所を、祥司は安堵となつかしさの入りまじった眼でなんども読みかえした。麻美の戻るころには櫻前線が北上して去り、列島は新緑におおわれているかもしれない。

その朝も、いつものようにテレビのニュースを耳だけで聴きながら、都市高速道へ車を乗り入れようとしたとき、呼出音が鳴った。遠田だった。祥司はニュースをとめて通話に切りかえた。

「いま想像をこえるお客がきました」遠田は急かされるように喋った。「やつらは調査にきた、と言うてます」

「やつらって？　なんの調査だ」

祥司はつい声高になった。

「税務調査だと言うてます」

ときどき声が遠くなった。

「どこから電話してるんだ」

「トイレのなかです。通路の突きあたりの共同トイレ、そのいちばん奥……」

「なんでまた、そんなところから」

「いきなり、事務所に入りこまれたんで、電話をかけるタイミングがなくて……。で、しかたなく、トイレへ。こういうのを、むかしのひとは、せっちん詰め、とか言うたんですかね、社長」

祥司はだまった。調査を受ける見当がつかなかった。

「来たのは、ひとりか？」

「いや、ふたりです。ひとりは、かなり年配で、眼つき鋭いですよ。もうひとりは、そおですねぇ、ぼくぐらいかな。三十前後……、いや、もうすこし年上かも。青白い顔をしたひょろひょろの野郎です」

「で、ふたりはいま、どうしてる？」

「追っ払おうと思うて、社長はまだ来てません、と言うてやったんですが、やつら、待つと言うんですよ。しかたがないんで、インスタント・コーヒーをだしたら、どうも、どうも、と言いながら応接セットに坐りこみやがった。かえって、まずかったですかねぇ」

祥司は考えこんだ。なぜ調査を受けるのか見当もつかなかった。傍目には順調にみえたかもしれないが、映像制作の道のりは人知れず苦労があった。最初はひとりだけで脚本を書き、その後、立ちあげたプロダクションは、表向きのスタッフは総勢八人だったが、正規の雇用はプロデューサーとカメラマンのふたりにすぎなかった。絵コンテを描くイラストレーターやテロップを制作するデザイナーは契約社員だった。経理は妻の絵里が担当していたが、当局への申告の内容は前年とほとんどかわらず、売上げは増えもせず、減ってもいなかった。むろん事務所を移転するというような大きな変化もなかった。それなのに事前通知のない抜き打ちの調査がなぜ入ったのか。

「いいのか、いま喋っていても」

祥司は憂鬱そうに言った。

「いいですよ。やつら、インスタントをうまそうに飲んでますから……。それにしても、いきなりっていうのには往生しましたよ。もうすぐスタッフたちも出勤してきますしねぇ」

男たちがコーヒーを飲んでいると聴いただけで祥司は吐き気がした。

「スタッフは応接室に入れるな」

「わかってます」

遠田はふたりのときは気がるに友だちことばをつかい、祥司の指示をあうんの呼吸で理解した。期待に遠いスタッフたちのなかで頼りにできる男だった。毎朝、事務所を開錠するのはかれだったし、出張のときや大学で講義をする日は、祥司にかわってスタッフをとり仕切った。

「ほかの連中がでてきてなかったのは、せめての救いだな」

「それはよかったんですが」遠田は堰をきったように早口になった。「エレベーターを降りたら、やつら、扉の両脇にひとりずつ仁王立ちになって見張ってたんですよ。七階では見馴れない顔だったんで、そのときは、よその会社の訪問客かと思って気にもしなかったんですが……。鍵をあけながらなにげなくふりかえると、やつら、こっちをじっとながめてるじゃないですか。なんちゅうか、ほら、刑事の張りこみ、って、あんな感じなんですよね。気味わるかったです」

事務所が入居しているビルには一階にフロントがあって、来訪者はそこでひとまずチェックされた。一見の客は応接ロビーで応対するしくみになっていたから、いきなり七階にあらわれることなど考えられなかった。二人組は早朝、受付の担当者が席に就くまえをねらって、エレベーターに乗りこんだとしか思えなかった。

祥司は息をつめて、つぎのことばを待った。

「ところがですね。ドアをあけるやいなや、それを待ってたように、やつら駆け寄ってくるじゃないですか。まさか自分が張りこまれていたなんて、そんなことありえないことですからね、なにごとがおきたのかって混乱しましたよ。そればかりか、ドアが閉まらんように靴先を突っこんできたんで……、まるでサスペンス・ドラマですよ。やつら、ぼくの肩越しに室内を覗こうとするんで、まだ時間まえです、って言うと、年嵩のほうが、野崎祥司さんかね、と訊くんですよ」

「なに？　コウちゃんをまちがえて？」

「なまえを呼ぶのに本人を知らないなんて、ますます不気味ですよね。ぼく、これで気ぃはあまり大きくないほうなんで、おそるおそる、どちらさまでしょうか、と訊きかえしたら、ふたりはほとんど同時に胸の内ポケットから黒い手帳をとりだし、こちらへ向けるじゃないですか。やっぱり刑事だったんだと思うと、もう胸どきどきですよ。ちがってたんですね。テレビなんかで観てると、いまの刑事は二つ折りになったのをぱらりとひろげて、金色のご紋章がピカピカしたのをみせるんですよね」

遠田は声を抑え、おもしろそうにそのときの光景をまくしたてた。

「うん、わかった。わかったよ」祥司はすこし苛立った。「いま、そちらへいかなくてもいいのか」

「いいですよ。コーヒーを飲みおわったら追っ払います。社長はお得意からの呼びだしがあったんで直行している、そう言うてやります。そうですねぇ、一日中というのも不自然ですから、午前中は戻らないということでいいですか」

祥司が考えていると、じゃ、そういうことで、と遠田は勝手に決めこみ、厭なやつらだ、と呟いて通話をきった。

祥司は予定をかえて、スポンサー企業にアポイントをとった。ちょうど商談がすすんでいる相手だったが、向かう途中に担当者に急用ができ、うちあわせは先送りになった。遠田に連絡すると、二人組はまだ事務所にいた。朝の電話のときは、ふしぎなことがおきた、という感触しかなかったが、事態はどうやら尋常ではないようだった。祥司は時間をつぶす場所を思案し、映画館にしようかと考えた。が、そんな気分にもなれず、シナリオのつづきを考えるのに好都合に思えて図書館を思いついた。昼近くまで粘ったが時間だけが無意味にすぎていった。得体のしれない焦燥感に苛まれ、結局、原稿は一行もすすまなかった。

祥司は図書館の食堂で昼飯を手早くすませ、事務所へ戻った。男たちも外食をすませて祥司の戻ってくるのを待っていた。

ふたりの調査官は身分証明書を提示し、上席調査官水原英人、その部下の調査官篠谷進と名乗った。所属が〈個人課税第二部門〉とあったのは、祥司が事業所を法人にしなかったので個人課税の部門が担当したのだろう。水原は五十前後だろうか、ふさふさとした髪は異様に黒くて光沢があった。篠谷は入庁まもない見習い調査官という雰囲気で、温和そうな長身の男だった。

「先生、なかなかのご繁盛じゃないですか。大学の講義のほうもお忙しいようですな」

水原はさぐるような眼を祥司に向けた。すでに身辺も調査されているらしいのを知って、祥司は緊張した。遠田は社長付きのガードマンのように扉のまえに立ったまま、男たちを見張っていた。雑談をなおもつづけようとする水原に、祥司は苛立ちを抑えて用件を訊いた。

「経理を奥さんがしておられるのなら、自宅へ伺います」

日時だけを告げる相手に祥司が面喰らっていると、ご在宅は奥さんだけでいいですよ、と水原は念を押し、先生はお仕事をやっていてください、と、つけくわえた。一方的にそう言うと、水原はあっさりと退散の意向をつたえて立ちあがった。その間、篠谷はひとことも喋らなかった。かれらの仕事ぶりは民間では想像のできない悠長なものだった。

男たちが去ると、遠田は待ちかまえていたように、かれらの坐っていた長椅子に腰をおろした。

「社長。やつらが調査にきた理由、ほんとは事前にわかってたんじゃないの」

遠田の眼に猜疑心が露骨に浮かんだ。

「知るわけないだろ。こちらが知りたいよ」

「水くさいなぁ、社長。矢面に立たされたのは、こちらなんだよ。隠さないでよ」

疑うような遠田の視線は半端ではなさそうだ。

「奇襲だ、これは奇襲だよ。おまえさんにこころあたりがあるんだったら、遠慮はいらん。なんでも言えよ」

気が動転していたのか、祥司の口調はつい乱暴になった。

「いろいろ尋問されたんで、つい……、すみませんでした」遠田は謝った。「肚がおさまらんのですよ。あの上席って野郎に……」

「一杯のコーヒーで昼すぎまで粘ったというのは、並じゃないな」

「手があいたら、ちょっときてくれませんか、なんて呼びつけやがって」

「なにを訊かれた？」

「社長さんは毎日、事務所へでるのか、とか、大学へ教えにいく日は事務所のほうはどうしているのか、とか……」遠田は記憶をたどるように報告した。「そういえば、奥さんは週にどれくらい顔をだすのか、とも訊きましたね。やつら社長の顔も知らんのに、なんでも知ってるようなんですよ。あれやこれやとねちねちと訊くんで、これは、わけあり、って思うじゃないですか。ようわかりません、の一手でぼくは逃げきりましたけどね」

息まく部下を祥司は戦友をみるような眼でながめた。遠田はしばらくだまっていたが気が収まらないようだった。

「でも役人なんて、なにを考えてんだか……。あんなにいろいろとぼくに訊いておきながら、社長にはなにも訊かないなんて、なにか、おかしくないですか」

遠田はさぐるような眼を祥司に向けた。

「しつこいなぁ、理由は見当がつかんよ。だが、なにか、へんだな……」

税務調査では当事者以外の、たとえば従業員などへの尋問は赦されていないはずだし、任意の調査なのに、なぜ事前の連絡がなかったのか。

その翌週、調査官たちは通告どおり祥司の自宅を訪れた。ご在宅は奥さんだけでいい、と言ったことばに気を赦したのが、まちがいだった。その日、帰宅すると、絵里が調査の経緯をつたえた。ふたりの男は、祥司の不在をたしかめると、いきなり手分けをして家捜しをはじめたという。銀行の通帳の印影を写しとったあと、ベッドの下から台所のすみずみまで徹底して調べつくし、二個のダンボール箱に帳簿書類のいっさいを詰めこんで持ち去った、と報告した。が、妻に動じるそぶりはなかった。

「帳簿も書類も持っていかれちゃったけど、だいじょうぶ。青天白日の身よ」

当局の調査をすなおに受け入れたのは、記帳に自信があったせいだろう。それにしても法的な根拠にはつよい疑いがあった。納税者本人の諒解がなく帳簿書類を持ち去ることが赦されているのか、どうか……。考えるほど、不条理な調査に思えた。が、このことは絵里にはつたえなかった。


当局の沈黙は一カ月ほどつづき、祥司と絵里の日常に暗い影を落とした。五月の連休の明けた週初めに、当局から入った連絡はひさしぶりに絵里の顔を明るくした。

「帳簿も書類もかえすということだから、やっぱり青天白日だったのよね」

絵里は声を浮かせて翌々日の呼びだしの要請を受け入れた。指定の時間は四時だった。たぶん外回りの調査官が戻る時間なのだろう。だが祥司は、ここでもつよい疑いをもった。令状もなく持ち去ったものをかえすのに、納税者を出頭させるというやりかたに納得できず、不審な思いが渦巻いた。が、それを胸に収めて祥司は妻に同行をたのんだ。

絵里は夫の頼みを予期していたように準備をすませていた。

「詩穂には、帰ったらお留守番していてね、って言っておいたから、だいじょうぶよ。夕食は外でごちそうしてあげると言ったら、大悦びだった」

「ほう、ディナーとは豪勢ですな」

「今宵は、経理部長への慰労もあるでしょ。ね、社長さん」

晴ればれとした絵里の口からハミングが洩れた。


祥司は指定の時間よりすこしはやく庁舎に着いた。

開け放たれた正門の錆びた鉄格子の脇を通り抜けて、鉄筋二階建ての建物の裏側へまわりこむと、広い駐車場があった。車をとめ、ふたりは正面の玄関に戻って受付で来意を告げた。

若い女は手もとの文書をめくりながら、野崎祥司さんですね、と確認し、個人課税第二部門の水原でございますね、と念を押してさきに立った。民間会社なみの鄭重なあつかいだった。通路の右側に事務室があり、室内に仕切りの衝立はなく、奥まで広々と一望できた。執務をしている職員は二、三十人いるようだった。調査官たちはこの一室にあつめられて仕事をしているのだろう。左側に会議室があり、その手前の表示板に、二階の役員室と総務課とが案内されていた。祥司と絵里は会議室へ導かれた。

扉があくと、奥行きのながいテーブルに椅子が十数脚沿わせてあった。調度品はなく、入口があるだけの密室だった。なかほどに坐っていた男ふたりがこちらをながめた。水原と篠谷だった。促されて、祥司と絵里は男たちのまえにならんで腰をおろした。

向きあってみると、水原の鋭い眼つきがあたえる威圧感は相当なものだった。ならんで坐る篠谷の精気のない風貌は、税金をとりたてるにはおよそ不向きな若者に思えた。税法を学ぶという名分のもとに実戦にだされ、若い思考力をマインド・コントロールされているのではないかと疑いたくなるような感じがあった。その日も現場で徴税の方法を徹底してたたきこまれて戻ってきたのだろう。いまから徴税業務の復習をさせられる時間なのだ。法令の講義を受けられるのは、ほんのわずかな時間にちがいない。来る日も来る日も、他人の私生活を洗いざらい調べあげ、庁舎へ戻って、熟練した上司に人生観さえも軌道修正されれば、笑顔をみせなくなるのは容易に頷けた。

視線のさきに、書類と帳簿を収めたダンボール箱が置かれていた。絵里はさきほどからテーブルのうえの押収物をじっとみつめていた。一カ月分の領収書を一冊に綴って、三年分、三十六冊にまとめてあるほか、現金出納帳、経費帳、売上帳、売掛帳、銀行帳の五冊が入れてあるはずだ。二箱とも上蓋があけたままになっており、綴りのあいだから黄色い付箋が無数に覗いていた。付箋は当局が貼ったものと思われた。

篠谷が青い用紙を一枚一枚テーブルにならべて五枚そろえると、祥司のほうへ向けて卓上をすべらせた。用紙にはいくつもの項目があって、それぞれの欄に数字が手書きしてあった。五枚ということは五年分を修正して申告しなおせということなのか。

予期しない展開に祥司と絵里は緊張した。

こちらの反応をさぐるようにながめていた水原が、お訊きになりたいことがありますか、と訊いた。が、質問を待つふうではなく、青い申告用紙の端を指先でかるく叩いて、納得できたらこれに判を、と一方的に促した。だが押収された帳簿書類はたしか三年分のはずだ。祥司はここでも当局の対応に疑問をもった。はじめから説明責任をはたそうとする意思がないのはあきらかだった。用紙に書きこまれた追徴金額はざっと暗算しても、確実に事務所の運営に支障を生じさせる高額な数字だった。

不審な相手の姿勢に絵里もようやく気づいたようだった。

「申告した内容に、もしまちがいがありましたら、それをご指摘いただけませんか」

経理担当者としては当然の要望だった。

「説明しても、結局、見解の相違ということになるのじゃないですかな」水原は受け流した。「領収書を検討すればきりがないしね、旅費交通費を話しあったところで、おそらく平行線でしょう」

絵里は無言で相手の眼をみつめた。

「ま、お望みとあれば、説明しましょうか」

水原はたじろいだように、手持ちの資料をテーブルの端で隠すようにひろげた。しばらく無言で資料に視線を這わせていたが、やがて低い声で専門用語と数字をないまぜにして読みあげはじめた。説明とはほど遠い朗読ぶりだった。

「申しわけありませんが、その資料、みせていただけませんか」

祥司はたまりかねて朗読をさえぎった。メモをとってください、と言っただけで水原はとりあわなかった。そのやりとりをみて、絵里が黄色い付箋を貼った領収書の綴りを指差し、否認された経費の内容を訊いた。

「小遣い銭ていどですよ」水原は鼻でわらった。「納得できないというのなら、もういちど、調査をしてもいいのですよ。となると、つぎは取引先ということになりますな。それで野崎さん、よろしいですか。そんなことされたら疵がつくんとちがいますか。取引先をかなり失うのじゃないか、と、あなたの身になって心配するのですがねぇ」

水原は取引先の調査をほのめかした。

「ごらんになった帳簿は三年分のはずですが」

祥司はようやく質問の手がかりをみつけた。

「さかのぼった二年分の算出は、推計です」水原はこともなげに言った。「こちらには膨大なデータがありますからな、推計ではあっても、数字は正確ですよ」

推計ということばに祥司は躓いた。押収した帳簿書類は検査されなかったのではないか、という疑念がおきた。絵里も腑におちない顔をした。ふたりをながめて水原は口もとをゆるめた。

「納得できないのであれば、白紙に戻しましょうか」

地獄の底に立たされた人間には、そのひとことは天国から差しのべられた一条の蜘蛛の糸のように思えた。

「白紙に戻していただけるのですか」

絵里の眼に生気が戻った。

「白紙にしましょう。それがいい」水原の頬に微妙な笑みが浮かんだ。「野崎さんから、あらためて追徴金をいただくことができますからな」

怖ろしい台詞だった。そばで聴いていた篠谷も顔をこわばらせた。あらたに提示された追徴金額は二割ほど値上げされていた。

「こういう権限がわれわれには、ある、ということです」

水原はきっぱりと言いきった。

「そんなお金、……ありません」

絵里が眼に抗議をこめた。

「そうでしょうな。じゃ、借りてお払いになればいい」水原は低くわらった。「こちらでお貸ししてもよいのですが、国の利子は高いですよ。民間の安いところで借りられてはどうです？　それがいいですよ」

水原は利息の事例を具体的に数字でしめした。

まぢかに接する役人の対応ぶりが祥司を冷静にさせた。見極めたいことがあった。第一は、申告した納税額にたいして、調査が正確におこなわれたのかどうか、ということ。第二に、水原英人という人間が、納税者にたいしてどのような価値観をもっているのか、ということ。このふたつの疑問をはっきりさせようと決めたとき、電卓のキーを叩きながら水原が言った。

「もうすこし認めましょう。旅費交通費を毎月一割アップ、ということで、どうです？　かなりコストがさがるはずです」

いちど否認したはずの経費を相手は指先ひとつであっさりと変更した。もっともらしくみえる調査官のポーズも、よく観察すれば、論理になんの整合性もないのが透けてみえた。調査をしてもしなくても結論は最初からあったということか。

「あなたが税理士をつかっておれば、五分間もあればかたづいたのですがねぇ。どうです？　納得いただけたら、ここへ署名、捺印を」

水原はふたたび修正申告を求めた。

第一の疑問は、はやくも糸口がみえてきた。こういう男たちと向きあわなくてすんだこれまでの日常が、あらためてすばらしい生活だったように思えてきた。

祥司が弱気になったのに気づき、絵里が口調をつよめて割りこんだ。

「判はもっていません。書類をかえすだけ、と電話でおっしゃったからです」

そのとき扉を叩くかすかな音がして、押しあけられたすきまから男の眼が覗いた。あいた扉の向こうに事務室がみえた。調査官たちは退庁したらしく照明はほとんど消されていた。点灯している一カ所は男の席かもしれない。

水原が席を立った。

「指でもいいですよ。いや、サインだけでいい。判はあとでいいから……」

水原は急に早口に急かせた。が、祥司の返事を待ちきれず、とり乱した足どりで事務室へ向かった。

遠ざかる上司の背中を見送りながら、篠谷が笑みを浮かべた。

「あのひと、いまから上に絞られるのかもしれません」

祥司は若い調査官の生の声をはじめて聴いたような気がした。

「絞られるって、いま覗いた男のひとに？　ですか」

訊きかえす祥司に、篠谷はもの静かにこたえた。

「たぶん、そうだと思います。また厄介な納税者の調べをやっているのか、って」

「厄介な納税者って、それ、ぼくのことですか」

「わたしが野崎さんをそう思っているわけではありません」篠谷の口調に威圧感はなかった。「上のほうの見方です。うちにもいろいろ問題があって、むずかしいのです。外のひとには言えないようなこともあって」

ことばに部下の苦労が滲みでていた。

「職場のむずかしさは、どこもおなじなのですね。さっき覗いたひと、どなたです？」

「あ、あのひとね。上席調査官の上司で、統括官の古杉と言います」篠谷はすなおにこたえた。「こんどの調査はあのひとの指示で、水原とわたしとでやっているのです」

組織の内実を明かす男の顔を祥司はすこし愕いた眼でみつめた。調査に訪れたとき、かれは意見らしい意見を述べようとはしなかった。だが向きあってみると、寡黙だとばかり思っていたのが意外にもそうではなかった。上司のような狡さもなく、納税者へのひとあたりもよさそうな好青年という感じが似合った。むしろ思慮深いとさえ映るのがふしぎだった。

祥司はふと敵の動きをさぐる気になった。ひょっとしたら、水原の価値観を見極める第二の疑問を解く端緒がつかめるかもしれない。

「ちょっときびしそうな感じの上司ですね」

「人間ですからね、尊大なひともいます。役職にあるひとたちの人柄もいろいろです」

「ひとにより調査のやりかたにもちがいがあるというわけですか」

修正申告を強要する人種ばかりではなそうなのを知って、祥司は硬直した全身の緊張感がやわらいでいくように思えた。

「調査が逸脱しないように戒める税務運営方針という内規があるのですが、ひとによって解釈がちがっていたり、上司の指示もちがいます。自分の職務を勘違いして、怒鳴って修正申告を迫るひともいます。調査がうまくいかないと、上がストーリーをつくって、この流れでいけ、という話もきます」

そのストーリーがいま現実につくられつつある、と篠谷の眼は言いたげだった。喋った情報の重さを知ってか知らずにか、篠谷の口調は部外者のように淡々としていた。もし若い調査官たちが篠谷とおなじような思考回路ならば、次世代の税務行政には、一般のひとたちの参加が実現するというような夢の改革が期待できるかもしれない。

「たとえ、どのような文書がしめされても、理解のできないものにはサインをしないことです……」

篠谷がそう言いかけたとき、事務室から水原が戻ってきた。眼が苛立っていた。すぐに着席しようとはせず、妙にだまりこんで壁ぎわを往き来した。その姿は、さしも強固にみえた国家権力も一枚岩ではないことを窺わせた。

水原のこの変化は上司とのうちあわせが起因しているように思えた。

待たされたあげく夜になっても決済できない事態を統括官が知って、部下に重大な指令をだしたのかもしれない。任意調査の制約を無視してでも、野崎祥司をきちんと調べろ、というようなきびしい指令だった可能性もある。

だが現場の調査官には、穏便に運びたいという微妙な心情もあるにちがいない。

もし祥司が修正申告を拒んで黙秘する事態になれば、上級庁にだす更正決定の書類づくりだけでも三日三晩の大仕事になってしまうからだ。

　水原はやっと椅子に腰をおろし、テーブル越しに祥司と向きあった。

「あんたは全面否認のつもりかもしれないが、わたしらがプロだということ、おぼえておいてね」

　税金逃れの記帳内容はだれよりも知っているぞ、という台詞が裏に隠されていた。外界からの抵抗はいっさい赦さない、という態度に急変したのは、統括官に呼び戻されてからだ。いつのまにか呼称も、あんた、にかわっていた。水原はことばの効果をはかるように祥司の顔をみつめた。

　時間がたつにつれて、祥司の苦悩は深まった。かれらに疑惑をあたえたとしたら、どこでミスを犯したのだろうか。それをたしかめれば、まだ対策をたてる手がかりはあるかもしれない。が、考えても見当がつかなかった。

「お話しできることは、こちらにはありません」

　祥司がそう言うと、水原は、ほおっ、という顔をして、一枚の紙片を突きつけた。

「こんなことしちゃぁ、いかんよ。これは犯罪だよ。あんたの場合は、修正申告でも更正決定でも、どっちでもできるケースなんだ」

突きつけられたのは押収された領収書の綴りからはずした一枚だった。日付は三年まえのものだ。祥司は紙片に眼を凝らした。ごくありふれた市販の用紙に手書きで金額が記入されていた。ほとんどが機械による印字の時代になったが、個人商店などの零細なところでは手書きをしているところもある。それを丹念に調べあげて抜粋したのだろう。

水原は考える隙をあたえず、獰猛な眼つきをして声を荒げた。

「反省する気がなければ、即刻、青色申告の特典はとり消すからな」水原は語尾に余韻をのこした。「反省すれば、情状酌量の余地はなくもないが……」

祥司はもういちど領収書をながめた。別枠に書かれた税額に気づいたとき、威嚇された原因がわかった。税率の計算がまちがっていた。ところが水原はそれを本体価格の改竄とみなしたのだ。スタッフから受けとったときに気づけばすむ問題だったが、いまとなっては、その紙切れの一枚から当時の状況を思いだすのは困難だった。記憶が信頼できない、というのは心理学でも証明ずみだが、はたしてどれだけのひとが日常の些事を記憶にとどめているだろうか。潔白を証明する記憶を喪失したときはどうすればよいか。記憶が戻らないかぎり反論の手がかりはなかった。

「改竄は、所得税法にさだめるとり消しの理由に該当するのだよ」

水原は単純ミスを認めず、条文の項目までしめして、故意の重罪と決めつけた。巧妙に袋小路へと追いこまれていく怖さは、調査を受けた者にしかわからない。その場を遁れたいという心理に追いこむのは、プロフェッショナルの調査官にはなんの造作もないのだろう。水原の価値観にたいする第二の見極めもアウトラインがみえた。

祥司が虎口を脱出する手立てを考えていたとき、絵里が低く呟いた。

「わたしたちの権利でしょ、青色申告の特典……。それをとり消す、なんて……」

「一事が万事と言いますよね、奥さん」水原は囁くように話しかけた。「これは任意調査だからね、すなおに認めれば、それでおわりにするのだがなぁ」

水原は小気味よさそうに祥司に視線を移した。役人の手口がおぞましくなった。国の財政を支えるためとはいえ、かれらはこんなやりかたをしているのか、と祥司は暗然とした。こうでもしないと、この国はもはや財政力が維持できないとでもいうのか、と憤りがこみあげてきた。

だが、いまの祥司にとって、そんなことはどうでもよかった。現実の生活を考え、生きのびる術を考えねばならなかった。この場面をどう乗りきるか、考えるほど深刻な問題だった。その場を遁れたいという異状な心理に追いこまれた祥司に、小さなミスを大きな傷口にしないでほしい、という媚びる気持ちがおきた。思考は方向を見失って坂道を転げる石ころのように速度をました。

「どう認めればいいのですか」

悄然とする祥司をながめて水原はこともなげに言った。

「上申書を書くのがベストだね。そうすれば、青色申告の特典を認めて、調査を終了しますよ」

プロによる誘導はこのうえもなく効果があった。解決の道が提示されたとき、篠谷が祥司をみつめて、ものを言いたげに眼をしばたいた。だが極限状況に追いこまれた祥司には、せっかくのシグナルを斟酌する余裕はなかった。上申書が踏み絵のイメージとかさなった。キリスト教が弾圧された時代に、死を赦されるのとひきかえに権力に忠誠を誓う一枚の証しだ。

当局との葛藤が激化する運命が眼にみえるようだった。もし水原が上司にとり入るために、なにがなんでも脱税犯を仕立てあげるタイプの男なら、この踏み絵は危険きわまりのない解決策になるからだ。

「ひな形をおみせしましょうか」

水原から眼で指図を受け、篠谷が緩慢な手つきで鞄から一枚のメモ書きをとりだし、祥司に差しだした。文面は税務署長あてになっており、申立人は野崎祥司とあった。上申書はひな形ではなく、すでに下書きされていた。領収書を改竄したこと、旅費交通費の裏づけがないこと、接待費に架空のものがあること、――詳細に書きこまれた三つの罪状は、どれも身におぼえはなかった。篠谷がサインをするなと暗示した文書はこれだったのか、と祥司は胸のうちで唸った。絵里は膝のうえに置いたバッグを両掌でしっかりと押さえ、だまってなりゆきをみていた。

「このとおりに書いてください」

篠谷は表向きの顔に戻って、無表情にサインを要求した。これこそが古杉統括官の老獪な指揮だったのだ。

祥司の膝を揺さぶる絵里の指先から、拒否の意志が烈しくつたわった。記帳した妻に一点の非もないのはわかっていたが、祥司は絵里の手をそっと押し戻した。いま上申書を書かなければもっと過酷な手段が待っている、という恐怖心にあらがえなかった。ふたりの無言のやりとりを水原は冷やかにながめていた。

祥司は下書きどおりに清書をして署名をした。命運が確実に水原の掌中に落ちた瞬間だった。泥沼に堕ちたと思うだけで怖ろしく、当局の目論見どおりになった自分が惨めだった。だが拒絶しようとしまいと、かれらは法の解釈を積みあげることによって、常識さえも覆す権力をもっている。ひとたび調査をした相手に、犯罪性がないとわかっても、徴税機関は法の不備を強力な味方にして捕り逃がすようなことはしないにちがいない。古杉と水原は、上申書を証拠にすればでっちあげにはならない、という確信のもとで動いたのだ。

もう逃げ場はないような気がした。有罪にする仕掛けをつくるのはプロにとっては朝飯まえの仕事なのだ。会議室を装った密室で、抗弁も赦されずに追いつめられていった多くの無辜の民を思い描いて、敗残者になったという哀しみが抑えようもなく祥司の胸のなかで膨れあがった。

水原は上申書になんども眼をとおしてから、ファイルに差しこみ、満足げに鞄に収めた。

「お預かりした帳簿書類はもってお帰りになっていいですよ。あす、あらためてご来署ください。そうですね、きょうはお疲れだったでしょうから、あすは午後一番ということでお願いできますか。こんどは判を忘れないようにね」

水原の唇からなめらかな台詞が滑り落ちた。出直すことを条件に会議室から解放されたとき、あらゆる不安が圧倒的なちからで祥司にのしかかってきた。その重みに押しつぶされそうになりながら、祥司と絵里はダンボール箱を一個ずつかかえて、会議室の扉を肩で押しあけた。

「こんどの人事異動がたのしみでね」背後で水原の声がした。「調査も、これが最後になるかもしれんのですよ。統括官に昇格すればね、もう現場にでなくてすむからね」

声に人事を掌中にできた上席調査官の勝ち誇った響きがあった。

ふたりは背中に水原の視線を感じながら、照明の消された通路を緑色の常夜灯に導かれて抜けでた。駐車場の明かりが、涙を浮かべた絵里の眼を浮きあがらせた。そのとき扉の閉まる鈍い音がかすかに耳に届いた。

祥司は段ボール箱のひとつをトランクに押しこみ、もうひとつを後部座席に積んで、車を始動させた。ライトのなかに黒く屹立する建物が照らされて、すぐ後方へ消えた。祥司はアクセルを踏み、開け放たれたままの門を抜けでた。

五

家に戻って、湿った密室から解き放たれたよろこびが胸にこみあげた。こんなに明るかっただろうか、と思わず祥司は辺りをみまわした。見馴れた家具調度がなつかしく、使い古した食卓や食器棚までもが明かりのなかで耀いてみえた。

階段の手前に立って、祥司は視線を二階へ向けた。

「どうした、詩穂は」

「さっき覗いたら眠っていた。登校まえに言いきかせておいてよかった」

絵里は食卓に頬づえをついたまま背中でこたえた。

「豪華なディナーのはずだったのに……、かわいそうなことをしたな」

祥司は呟きながら、冷蔵庫から瓶ビールをとりだし、そそいだコップのひとつを妻のまえに押しやった。

「もう懲りごり。四時間も閉じこめるなんて、赦せないよ」絵里は憤りが抑えられないようだった。「わたし、記帳をごましてなんかいない」

「あんな上申書を書いて……、わるかった」

「これ、憶えてる？　わたしたちのお守りよ」絵里は小さく折りたたんだ新聞の切り抜きをバッグからとりだした。「あのひとたちと向きあっているとき、この記事をこころの支えにしていた」

記事には名状しがたい感慨があった。ふつうだったら縁のない記事として読みとばしたかもしれなかったが、家捜しをされたあとだったから、驚異の眼でふたりがかわるがわる読んだ記事だった。

――税務署が架空所得を操作――

建築士（46）が昨年10月、過去5年間に1千余万円の雑所得があったとして、税務署から265万円の所得税などを課せられ、修正申告書の提出を求められていたことがわかった。建築士から相談を受けた市民団体が調査し、課せられた所得は架空であり、不当な徴税だ、と撤回を要求。税務署は20日付で、課税を取り消した。

市民団体によると、昨年9月に税務署員が建築士のところに税務調査に訪れ、銀行の通帳などを調べた。10月中旬に再び署員ふたりが訪れ、銀行預金の利息に税金がかかると説明。建築士の目の前で、5年間分、270万円の利息の申告漏れがあると指摘して、修正申告書を作成し、署名捺印させたという。

その後、建築士が確定申告書の控をもらったところ、課税の根拠となる所得は利子所得ではなく、雑所得として各年200余万円が勝手に記入されていた。担当官に説明をもとめたところ、報酬は5年間でざっと5千万円なのに支出が6千余万円ある、ほかに収入があったにちがいない、と事実と違う支出額を指摘されたという。建築士は同税務署に、課税の根拠がない、として取り消しを求める更正の請求などを提出。

税務署から25日付で課税額全額を取り消す通知が届いた。

建築士は「まさか税務署が、報酬、利子以外の収入があると勝手にでっちあげるなんて信じられない。課税は取り消されたが、これは単なるまちがいなどとは到底思えない。それなのに、いまもって税務署からの説明はないし、謝罪も全くない」と憤慨している。

上級庁の国税局広報室長の話所得税法で守秘義務が課せられており、納税者の個別案件の内容についてはコメントを控えたい。内部調査は続けている。

徴税機関の守秘義務の口実に阻まれて、ほとんど報道されることのないふしぎな記事だった。課税の根拠になる調査官の説明に、建築士が不審をいだいたのが解決の糸口になった。だが水原は、その根拠になる説明さえも、推計、のひと言で押し切ろうとしていた。

「このまま判、捺していいの?」

絵里が心細そうに祥司の眼をみつめた。

「そうだな、どこか相談できるところはないかなぁ」

絵里はもういちど記事を読みかえし、〈相談を受けた市民団体が調査し、所得は架空であり、不当な課税だ、と撤回を要求〉のくだりにこだわった。

「この、相談を受けた市民団体、って……」絵里が小さく呟いた。「なんという団体なのかしら……、ね」

祥司は眼をしばらく宙におよがせていて、あ、と声を洩らした。

「商売で困ったら相談するといい、と、同業者がそんなこと言ってたな。たしか人権救済？　そんな名の支援団体だった。この記事の団体、そこかもしれないな」

だが、どういう団体なのか、祥司には見当がつかなかった。

「人権救済……、って、フルネームでは、なんと言うの。その同業者のひとに訊けば、わかるのじゃない？」

「いまになって、痛くもない肚をさぐられたくもないし……」

「いまは、痛むのじゃございません？」絵里は厭味をつよく言った。「ご立派な上申書を詳細にお書きになったのですから」

「書いたのはやつらで、清書しただけだよ。あのときはそうするより遁れる術がなかった」

祥司は立ちあがると、冷蔵庫からウイスキーの水割りのアルミ缶をとりだして寝室へ向かおうとした。

「このまま出頭すれば、判をついておわりね」

絵里は容赦のない台詞を背中にあびせた。なおも言い募ろうとする執拗な声を遮るように、祥司は階段を駆けあがった。

からだを揺さぶられて祥司は眼を醒ました。壁の時計は十時に近かった。

「連絡ついたわ」

覚醒しきれないでいる祥司の耳もとで、絵里の歯切れのいい声がした。

「……どこに?」

「人権救済連合会よ」

昨夜とはさまがわりに絵里の声が浮きたっていた。祥司は掛蒲団を蹴って跳びおきた。

「そうだ、その名だ。思いだした」

「寝起きに思いついて、試しにネット検索してみたの。人権救済なんて、ちょっとめずらしいでしょ。そうしたら人権救済連合会というフルネームがでてきて、この地域の支部の名もあったのよ。全国レベルの大きな組織だったので、びっくりよ。電話にでたひと……」

「どう言ったんだ。いや、ちょっと待ってくれ、そのまえに……」

祥司は壁の時計をもういちどみた。

「遠田くんには電話を入れておいた、きょうの出社は夕方になるって。あの子、なんとなく心配しているふうだった。勘のいい子ね」

「ぼくが出頭したこと、知ってるからだ」

「話しちゃったの」

「やつらと最初に遭遇したのは、かれだしさ。あいつ、あれで番頭のつもりなんだよ。話しておいたほうが、なにかといいと思って」

ベッドで胡坐をかいたまま、祥司は悠長な物言いをした。

「電話にでた男のひと……」絵里は話を戻した。「いきなり、ハンコつきましたか、って訊くのよ。ついてません、と言ったら、それならお話しできます、急いでお越しくださいい、だって。すごく気が晴れちゃった。言語は明瞭、対応は迅速、だもの」

絵里は三文判を指先でつまんでみせびらかした。

「対応は迅速か……。厭味だな。ま、元気回復でようござんした」

祥司はそう言って頷きながらも、聴きなれない支援団体に多少の迷いがあった。

「急いで書類を用意しなくちゃ。タイム・リミットは正午だものね」

背後のアコーデオン・カーテンをあけると、寝室と続き部屋に絵里の仕事場があった。ふたりの無法者に踏みこまれたと思うだけで、祥司は気が塞いだ。

「現金出納帳に経費帳でしょ、売上帳、売掛帳、それから銀行帳、と全部で五冊。それに、青色申告決算書と所得税確定申告書の控……」

絵里は謳うように、ふたつのダンボール箱から帳簿書類をとりだした。

「この付箋、このまま剥がさないほうがいいよね」

「重要な証拠品ではあるけど、きょうは領収書、いらないだろう」

絵里はつかのま思案顔をした。が、帳簿書類とあわせてダンボール箱をひとつにまとめた。そのあと、これを参考にしてメモをつくってちょうだい、と言って一冊の赤い革表紙の手帳を差しだした。

日ごろメモ魔を自負している妻の愛用の手帳だった。祥司はその場でページをめくって愕いた。水原と篠谷の行動が細大漏らさず記録してあった。パソコンに入力しながら、よみがえった記憶をところどころに補充していくと、当局の調査が確実に絞られてきているのが鮮明になった。かれらの動きを知って、人権救済連合会という名の支援団体にたいする祥司の迷いはふっきれた。

支援団体の支部は、当局の正門に近い雑居ビルの三階にあった。

通路は薄暗かった。突きあたりの扉を絵里が押した。ダンボール箱をかかえた祥司があとにつづいた。天井の蛍光灯が剥げ落ちた壁を仄白く照らしていた。若い女と机越しに私語をかわしていた男が、来訪者のダンボール箱に眼をとめると席を立ち、電話をいただいた野崎祥司さんですね、と明るい声をだした。そして、歯切れよく、さ、どうぞ、と言って、手のひらを小さな会議テーブルへ向けた。電話にでたひとに声が似ている、と絵里が祥司に囁いた。

男が差しだした名刺には、島塚伸一郎とあり、事務局次長という肩書がついていた。祥司が卓上においたダンボール箱を島塚は興味深げにながめた。室内は物音ひとつしなかった。奥まった壁を背にして五十年配の男が書類に視線を落としていた。事務局長だろうか、顔に精悍さがあった。手前に空席の机がいくつか向きあってならんでいた。外出しているシンパサイザーの机のようだった。支部は局長のもとで数人の職員が仕事をしているらしかった。

「拝見してよろしいですか」

島塚はいきなり本題に入った。書類をとりだそうとする祥司の手もとをながめていて、付箋を貼った領収書に眼をとめると、ああ、派手に貼られましたね、と言って頬笑んだ。

「野崎祥司さんが事業主、奥さんが専従者として経理をなさっておられるのですね」島塚は書類から顔をあげた。「文筆業といってもいろいろでしょうが、ノベル？」

「いえ、シナリオです。あとは雑文でしのいでいます」

「テレビとか、映画とか……。それとも、舞台なんかですか」

島塚は物書きの仕事に興味をもったようだった。

「メインはテレビです。映画も書きたいのですが、なかなか仕事がありません。映像のオリジナル作品をせめて年二本、独自に制作するのが夢なのですが、いつ実現できることか……。いまは広告の制作でなんとか帳尻をあわせています」

島塚はもういちど書類に眼を落とした。

「野崎さんが二部門の調査対象になったのは、この広告会社の売り上げですね」

「サラリーマンだったときの古巣です。もとの部下から仕事をもらって、なんとか食っています。二部門、というのは、個人課税第二部門のことですか」

「ここは売り上げの多い事業所を担当している部署です。野崎さんのところはこの部門のトップクラスですよ」

「トップクラスだなんて。ぼくのところが？　まさか……」

祥司はすぐには信じられなかった。スタッフを帰宅させたあと、脚本の執筆は祥司の残業仕事としてこなす日々だった。いちど出勤すれば、二、三日の事務所泊りはいつものことで、一週間帰宅できないこともめずらしくはなかった。

「低所得のひとたちにたいする課税が、いかに酷薄か、想像つきますよね」

島塚はそう言ったあと、あらためて付箋の貼られた領収書の綴りをながめた。

「従業員がふえると……」島塚は絵里に視線を移した。「伝票整理もたいへんでしょ。でも、きちんと管理されているのに感心しました」

ささやかな仕事を島塚にほめられて、絵里はうれしそうだった。

「調査にきたのはだれですか」

島塚は所得税確定申告書の控えに眼をとおして訊いた。

「水原さんという調査官と、その部下の篠谷さんというかたです」

「ああ、あのふたり。水原英人と篠谷進ですね」

島塚は当局の人事にも精通しているらしかった。

「むろん事前連絡はありましたよね」

島塚に念をおされて、祥司は首を横にふった。

「いきなり事務所へ来たのですか」島塚の視線が動きをとめた。「税務運営方針という内規を国税庁長官が通達しているのですが、ごぞんじでしょうか」

祥司は頷いた。税務運営方針のあることは篠谷に聴いていた。島塚は説明をつづけた。

「調査のときには事前連絡の励行につとめよ、と、そこにははっきりと書いてあります」

「そんなあたりまえの通達をなぜ国税庁のトップが……」

「違法調査によって特定のひとが不利なあつかいを受ける惧れがあるからです。税務署長にはじつに大きな権限があたえられていましてね、人権にかかわる権限は警察署長以上なのですよ。税金は徴収できるし、国民の身柄を拘束することもできる。それどころか国民の生命さえも奪える。国家の権力はじつに強大です。これに歯どめをかける装置がないと怖いことがおきてしまいます。その装置は法律や規則しかないのです。法が守られるかどうか、これがいかに重大なことか、おわかりいただけますよね。それなのに最近は法律を無視する調査官があとを絶ちません」

祥司のなかで島塚の印象がかわった。おだやかな外見のなかにつよい正義感が感じられた。これまで腑におちなかったことがひとつひとつはっきりとしていくようだった。

「ところがですね」島塚は事前連絡が徹底しないわけを補足した。「日本の法律には義務づける明文規定がないのです」

「外国ではどうなんでしょうか」絵里が控えめにたずねた。「たとえばアメリカだとか、フランス、ドイツなどは?」

「その三国は事前連絡を法律で義務づけています。イギリスやカナダは法律の義務づけがなくても、捜査令状をみせるのが常識なのですよ。そうしないで調査をしている先進国は日本ぐらいです」

税務行政はまだまだ途上国です、と島塚は言いきったあと、ところで、いくら修正を強要されました？　と訊いた。強要ということばに、つよい連帯感がうまれた。真の理解者に出会えたと祥司は思った。

絵里が手帳をとりだして島塚に金額をつたえた。

「どうやら、推計でやられてしまったようですね」

「推計、ですか？」

絵里が問いかえすと、島塚がきっぱりと言った。

「青色申告者にたいしては、アバウトで課税することは赦されていません。野崎さんは帳簿も資料もきちんとそろえておられますから、どこからみても推計課税をする余地はありません。それなのに、青色申告の承認をとり消すぞ、と、かれらが脅かしたとしたら、とんでもないことです」

祥司は背筋が寒くなった。たしかに水原は推計だと断定した。

「違法を承知で、なぜ、そんなことを……」

「推計の口実さえつければ、面倒な説明の手間が省けますし、税金を一方的に徴収することもできますしね。かれらにとって、これほど好都合な手段はありませんからね」

絵里が深く頷いた。

祥司は上申書を書かされたいきさつの一部始終を話す気になった。

「もし、上申書を書かせて、虚偽の課税処分をしようとしたのなら……」島塚がため息をついた。「これはまぎれもない国家の犯罪ですよ。しかし、上申書には税法上の根拠はありませんから、あまりご心配になることはないと思います。ただ、修正申告書とセットにされるとやっかいです。強要されたのだ、と、あとになって主張しても、上申書はごまかしを認めてみずから書いたのだ、と一蹴されて、たいてい納税者の命とりになるようです。相手は海千山千のプロだから無理もないけど、言いなりになることはなかった。かりに領収書を改竄したとしても……、いや、野崎さんが、そうした、と言っているのではないですよ。領収書の一枚や二枚のミスは、調査官がその場で否認すればすむ程度の問題です」

踏み絵を踏んだことは、とりかえしのつかない失態だったようだ。

「でも、わたしたちがなぜ標的にされるのでしょうか」

絵里の問いかけに島塚は頷いた。

「なにか裏があるようにも思えますが……、いまの段階では、わたしどもに真相はわかりません。でも、判を捺されなかったのは、ほんとうによかった。奥さんの姿勢は、税務署の犯罪とも立派に闘えますよ」

励まされて絵里はすなおにあたまをさげた。

「最近もこんな事件がありました」島塚は話をつづけた。「納税者の税金を調査官が自分の給料から内緒で支払っていた、という事件です。これは新聞報道で知ったのですが……」

「税務署員が税金を支払った？　そんなことが、どうしてわかったのですか」

絵里がつよい興味をしめした。

「いつのまにか住民税がふえているのに気づいた納税者が、ふしぎに思い、問いあわせて発覚したようです。調査官は、所得税は支払ったものの、住民税までは手がまわらなかったのでしょう」

「自腹をきってまで、なぜそんなことを？」絵里が呟いた。「わたしたちには納税の義務が課せられているわけですから、そんなややこしいことしなくても……」

「ノルマを達成するのに必死なのでしょう。かれらも給料や人事で差別されては、家族の生活にも影響がでますからね。かれらに課されたノルマは、納税者にとっても深刻です。事実……」島塚の声が低くなった。「納税者にも自殺者がでています」

流言ではないかと祥司は疑った。が、島塚のしめした国会の常任委員会の会議録には、それを裏づけるような記録が遺されていた。

いずれも法外な追徴税に悩んでの自殺だった。国会で議論された前年度に、四人の男性が死んでおり、そのうち二人は焼身自殺という痛ましさであった。その翌年と翌々年にも自営業者二人が相ついで死んでいた。なかには自分の生命保険で税金を支払ってくれ、という書き置きを遺したひともいた。農業の従事者や石材店の経営者、畳製造業者、個人タクシーの運転手など、富裕層とは縁のなさそうな生活者たちだった。居住地も全国に分布しており、都道県の地名も正確に記録に遺されていた。

ことばを失った祥司をみて、島塚は思いがけないことをすすめた。

「いまから水原のところへ出向くのは、おやめなさい。私がかわって電話しましょうか」

水原との約束は三十分後に迫っていた。会話が聴こえていたのか、壁ぎわの男が顔をあげて頷いたようにみえた。島塚は自席へ戻ると送受話器をとりあげた。相手のでるのを待ちながら、野崎さん、ご心配はいりません、わたしたちにはながい歴史と多くの実績があります、と言って島塚は励ました。相手がでたらしく、島塚は送話口に呼びかけた。

「水原さん、人救連の島塚です。野崎さんの調査の件ですが……。そう野崎祥司さん。そちらへ伺う日時は、こちらからあらためて連絡するからね」

当局との約束を電話一本で破棄する男をまのあたりにして、祥司は眼をみはった。納税者の都合にあわせて、調査の日程が変更できることさえ祥司は知らなかったのだ。

「向こうも人間だから一方的にやられると肚が立つのでしょう。用件を言ったとたんに受話器、ガチャンですよ」

島塚はおおらかにわらったあと、安堵する祥司と絵里をみて、笑みを収めた。

「まちがえないでくださいね。当局の調査に協力しないということではないのです。わたしたちが問題にしているのは、法律でさだめたとおりに調査されているかどうかなのです。うちのメンバーは当局から嫌われているようですが……」島塚は苦笑いをした。「じつは、うちのメンバーは毎年四パーセントものひとたちが調査を受けています。一般の納税者が調査の対象になるのは、毎年二パーセントぐらいなのですが……。かれらにとっては、税金の勉強をする納税者は眼のうえのタンコブなのでしょう。その知識で調査を監視されたのでは手抜きもできませんからね。こうしたチェックをしているのは、いまのところわれわれの団体しかありません。われわれが失業する世の中が理想の社会なのですがねぇ。ですが、向こうさんにも専従班があって、こちらをたえず監視しているのですから、ま、おたがいさまかもしれませんが」

この支援団体は弱い立場のひとたちを護ることに徹するために、入会資格を従業員九人以下の零細業者に制限していた。祥司の映像プロダクションの人数はその範疇に収まりそうだった。祥司は入会の同意書に署名した。当局からマークされている危うさはあったが、飄々とした島塚の表情に、絵里も安堵してメンバーになった。同意書を確認して、島塚が顔をあげ、あらためて祥司と絵里に真摯な眼を向けた。

「ご入会いただいたのですから、野崎さんが受けた調査を総括してみましょうか」

メンバーの一員としてふたりは襟を正し、支援団体の幹部と向きあった。

「事前連絡もなく水原と篠谷が調査に着手したのは、刑法一九三条の公務員職権濫用罪に該当するのはあきらかです」島塚は該当する条文を披瀝した。「このような場合、野崎さんには質問にこたえなくてもいい権利があります。検査を拒んでも、所得税法二四二条八号の検査拒否等の罪には該当しないはずです。そのあと、野崎さんが不在だったのに、かれらは家宅捜索をしましたよね。これは奥さんの証言であきらかです。もし野崎さんがその場におられて調査官を実力で排除し、捜索を拒否されたとしても、これも刑法九五条一項の公務執行妨害にはあたらないと考えられます。それどころか野崎さんは被害者として、刑事訴訟法二三〇条によって告訴もでき、これは国家賠償さえ請求できるケースです。告発するのは被害を受けた野崎さんでなくてもいい。これは犯罪だ、と思ったひと、たとえばわたしがそう思えば、野崎さんにかわってわたしが刑事訴訟法二三九条で告発することもできます。このように法律は、公務員にたいしてきびしい歯どめをかけています」

祥司の受けた調査にたいして、島塚の博識は圧倒的な説得力があった。近く対応策をまとめたい、と言って、その日の話は締めくくられた。

ひとまず古杉と水原の虎口を逃れることのできた爽快感はなにものにもかえがた

かった。島塚の助言はつよい支えになった。が、見通しがたったわけではなかった。さきにどんな展開が待ち受けているのか、ふたりには想像さえできなかった。自分たちの命運を未知の活動家たちに委ねたことは、胸のうちの影を、より色濃くした一面がないとはいえなかった。

島塚の対応は速く、翌日、事務所へ電話があった。

ところがいきなり突きつけられた檄は甘くはなかった。まず行動ありき、です、という台詞が、祥司を尻込みさせた。

「古杉、水原ラインの調査の方法には問題があると判断しました。出向いて事情を訊きましょう。事前にアポイントをとらないで面会を要請することにします」

あの繊細な島塚が当局と向きあうと、こんなにもつよくなれるものなのか。祥司は回転椅子をまわしながら、意思の疎通のむずかしさを思いあぐねた。支援団体の扉をたたいたのは単に助言がほしいという気持ちからだった。いまになって虎穴に入る勇気はなかったし、まして支援団体と運命共同体になって平穏な生活に波風をたてるのには、つよい抵抗があった。

「アポイントもとらないで？」

おそらく綿密な計算があってのことだろうとは思いつつも、祥司はもう火中の栗は拾いたくないというのが正直な気持ちだった。

「かれらが一般のひととの面会に応じることはまずありません。統括官は地方の議員クラス、署長は国会議員にしか会いません。ですから、面会を拒否されたらアウトです。私どもには国会議員のような国政調査権もありませんからね」

きびしい現実に直面して送受話器を耳にあてたまま困惑している祥司を、遠田が自席から心配そうにみつめていた。

「支部長もつき添います。それに軍師もご出陣です」

祥司の不安な気持ちを見抜いたように、送受話器の向こうで島塚の含み笑いをする気配がした。

「軍師って？」

「あなたも眼にされているはずです。奥の壁ぎわにいたひと、あのひとがうちの事務局長です。ニックネームを黒田官兵衛と呼んで、メンバーから慕われています。佐伯恭介というのが本名ですが、思想家でもあり、すぐれた戦略家です」

祥司は古武士のような男の容貌を思い浮かべた。

「ですが、主役はあくまで野崎さん、あなたですからね。しっかりたのみますよ」

主役と決めつけられて祥司は退路を断たれたのを知った。みずから扉を叩いた道だ、と言いきかせて気持ちを収めたとき、ひとつお願いがあります、と島塚は言った。まだ註文があるのか、と祥司は身がまえた。

「抗議文を書いておいてください。A4用紙一枚ぐらいがいいと思います。コピーもお願いします。帰る間際に総務課の窓口へ寄って、二部とも差しだしてください」

「二部とも?」

「そうです、日付入りのまるいハンコを捺して一部は戻してくれますから、そちらで保管しておいてください。向こうが収受した一部は、捺印した瞬間から国の公文書あつかいになりますからね、重要な手続きです」

言いたいことをつたえると、島塚は一方的に通話をきった。祥司はまた回転椅子をまわして窓外をながめた。遠田が上司を気遣ってコーヒーを淹れた紙コップをデスクに置くと、なにも言わずに自席へ戻っていった。祥司はやっとパソコンに向かう気になった。

翌朝、祥司が事務局で抗議文をみせようとすると、島塚はその場では受けとらなかった。

「抗議文はやっこさんたちに聴かせてやってください。いいですか、野崎さん。きょうの第一の目的は、あなたの書いた上申書をとり戻すことです。その理由が相手に理解できるように、抗議文は歯切れよく、しっかりと読んでやってください。読みあげるタイミングは合図します。読みおわっても、その場では手渡さないようにね。現場で握りつぶされてはかないませんから」

島塚はそう言って念を押した。そのとき支部長が姿をみせた。待ちかねていたように島塚が笑顔で迎えた。

「このお方は、わが支部の知恵袋、行政書士の土井泰三さんです。最近、関西から事務所をこちらへ移されたばかりです」

紹介された男は四十歳ぐらいだろうか、島塚より年長にみえた。ながい髪を指先で分けながら、めがねの奥から眼をしばたかせた。

「会議室に四時間も軟禁やなんて、それ、ほんまですか。調査は納税者の都合にあわせないかん義務が、やっこさんたちにはあるんや」土井支部長は憤慨した。「帳簿書類も現場で閲覧するほかは、納税者の許可なしに領置することは赦されへん。ましてや、野崎さんを呼びだすなんて言語道断やで」

憤懣やるかたないというふうに嘆く知恵袋に、島塚が相槌をうった。

「役人に向きあうためには、まず法律を他人まかせにしないことです」

「それ、官兵衛はんの説教みたいやな」土井がまぜかえした。「あのひとこそ、ほんものの知恵袋や。ぼくなんぞ、使いばしりの洟垂れ小僧や」

軍師と呼ばれている男は、知るひとぞ知る存在のようだ。

「事務局長とは向こうで直接合流する手はずになっています」

島塚がそう言うと土井は深く頷いた。

三人は当局へ向かった。錆びた鉄扉はあけ放たれたままになっていた。鉄格子の手前で祥司の脚がとまった。耐えがたい記憶が脳裡によみがえって気持ちが重くなった。その気配を察して、島塚も脚をとめた。野崎さん、気を楽にしましょう、と、かれは囁くように言った。土井も、だいじょうぶや、官兵衛はんもあとから来やはるからな、と言って励ました。門前で呼吸をととのえなおすと、三人は土井を先頭にして島塚、野崎とつづいて、正面玄関から踏みこんだ。受付の女性職員のまえを三人はさりげなく通りすぎ、通路を奥へすすんだ。執務をしている調査官たちに向かって、土井はいきなり声に抑揚をつけて呼びかけた。

「水原さ〜ん、いやはりますかぁ」

名指しをする甲高い声に、さまざまな視線がいっせいに三人にあつまった。土井の顔からおだやかさが消え、めがねの奥の眼が据わった。土井の演出ぶりに祥司は肝を冷やした。白昼、こんな場面が役所で展開されようとは、だれが想像するだろうか。鎮まりかえった室内に緊張がひろがった。立ちあがった職員もいたし、坐ったまま身じろぎもしない職員もいた。いちはやく姿を隠したのか水原と篠谷は席にいなかった。が、室内の雰囲気は乱れることもなく、だれの表情も冷静だった。数人の男が通路へでると、両腕をひろげて闖入者を阻止するポーズをとった。双方が相手のからだに触れないように神経をつかい膠着状態がつづいた。その攻防の巧みさに、なんとなく馴れが感じられた。こういう場面は今回だけではないのかもしれない。

島塚が室内の動きを注意深く窺いながら、土井の背後で出番を待っているふうだった。

「じつは水原ではなく、そのうえをひっぱりだすのが狙いです」

島塚がふりかえって祥司に話しかけたとき、制止する調査官を押しわけ屈強な男が土井のまえに立ちはだかった。

「ならず者か。おまえたちは」男は声を低めて凄んだ「不法侵入者は、すぐ退去しなさい」

対峙したふたりの男は背恰好がよく似ていた。島塚がまた祥司の耳もとで囁いた。

「あの男が統括官の古杉嘉平です。水原と篠谷はあの男の部下です」

祥司の視線が古杉の顔に吸い寄せられた。あの夜、会議室の扉のすきまから覗いた顔にまちがいなかった。古杉は三人の闖入者の顔を品定めするようにかわるがわるながめ、祥司に気づいて眼を細めた。が、すぐ視線をそらせて、眼のまえの土井を射すくめるように睨み据えた。すかさず土井が、古杉の顔すれすれに顔面を突きだして歯を剥いた。鼻面の間隔を三センチほどにまで縮めて睨みあうふたりの男は、さながら闘うまえの野獣を思わせた。島塚がふたりのあいだに割って入った。

「うちの支部長に向かって、ならず者とはなんだ」

「ならず者でなけりゃ、無法者だ」

「統括、あんたこそ無法者じゃないか。国家公務員なら礼儀をわきまえろ」

「アポもとらんで押しかけるからだ」

古杉はいちだんと声を荒げた。

「事前にこのひとが面会を申し入れたら、あなたは会ってくれましたか」島塚は間髪を入れず祥司を古杉のまえへ押しだした。「統括、いまから時間をとってください」

「事前の連絡もないのに、それはできない」

「そんなこと、あんたに言われとうないわい」土井が薄くわらった。「野崎さんの事務所に、事前の連絡もせんで部下を差し向けたのは、どこのどいつや？　ひとさまの家を令状なしで家捜しさせたんは、だれや？　あんたとちがうんか？　盗人たけだけしい言うんは、おまえさんのことや」

関西弁で迫真の交渉をつづける土井に、古杉は刺すような眼を向けた。顔に滲む傲慢な態度は、水原が祥司に向きあったときと同質のものだった。

「おれたちが法律だ」

徴税機関の幹部はそう言い放った。

島塚がタイミングをはずさず、さ、野崎さん抗議文を、と促した。

「ちょ、ちょっと待ってよ。うちの仕事を邪魔しないでよ」

古杉がふいに媚びた声をだした。島塚はすこしずつ態度を軟化させていったが、
土井は姿勢をまったくかえなかった。

「ええかげんにせんかい。面会室を提供したらどうやねん。調査をうけた野崎さんが、当局の見解を伺いたい、そう言うておられるんや。こんなせまい通路で話などできるかい」

土井に罵られて、古杉のこめかみに蒼黒い血管が膨れあがった。だが無言のまま表情をかえなかった。

「あんたな、税務運営方針にな、どう書いてあるか、ここで言うてみい。納税者の理解と納得をえよ、と、ちゃんと書いてあるやないか」

このとき土井の声に誘いだされたように吹き抜けの階段にひとの気配がした。降りてきたのは小柄な五十年配の男だった。総務課長、と呼んで古杉が不動の姿

勢になった。土井が緊張状態を持続させたのは、この場面を待っていたのだ。副署長をおかない署では、総務課長は署長につぐ二番目の地位にいた。物腰は控えめだったが、この男もまた祥司をいちはやく一般の納税者とみぬいて、威嚇するような眼つきをした。

「課長もええかげんにせんかい。国民に向かって、その眼つきはなんや。まるでやくざもんやないか」土井が烈しく吠えた。「眼でもの言わんと、口でものを言わんかい」

課長が声をひそめて統括官に耳打ちをすると、古杉は土井に向きをかえ、別室のほうへ手を差しのべた。

「会議室で拝聴いたします」

鄭重なことばづかいが別人のようだった。

支援団体の幹部は、ついに当局の幹部との対話の舞台をととのえた。祥司と絵里が幽閉された因縁の部屋だった。あの日、水原と篠谷が坐っていた位置に土井と祥司が坐り、課長と統括官が向きあって腰をおろした。が、島塚はなぜか入口に近い末席にひとり腰をおろした。

祥司が抗議文をとりだそうとするのをみて、島塚がすばやく席を立ち、入口の扉をあけ放った。調査官たちの視線が会議室に集中した。

「こまります、閉めてください」

腰を浮かせた課長を無視して、島塚は事務室に向かって声を張りあげた。

「みなさん、ここの幹部がどんな調査をさせているか。いまから統括官の立ち会いのもとに、その違法行為の事実を納税者ご本人が証言します」

島塚はそう言いおわると、坐っていた椅子を扉止めにつかって、そこに腰をおろした。呼吸のあったチーム・プレーに、黒田官兵衛の采配をまのあたりにする思いがした。

鎮まりかえった署内の隅ずみに、抗議文を読みあげる祥司の声が響いた。

〈いまもって終了しない調査によって、労働意欲は徹底して破壊され、専従者の妻とともに、疲労の極限に達しております。こうした状況になりましたのは、調査に際して、抑圧的な尋問と巧妙な心理的強制にさらされた結果であります。事前通知がなかったばかりか、会議室に閉じこめられて、およそ四時間にわたって修正申告書に署名と捺印を迫られました。なんどもおたずねしましたが、追徴金額の根拠については、ついに説明がいただけませんでした。いまだにその状況がつづいております。これは人権を踏みにじる行為といわざるをえず、憤りを禁じえません。かつて信頼を寄せていた国家公務員にたいして、私はいま、きわめてつよい不信感をいだいております。

その過程で思いもしなかったことですが、私は任意の名のもとに上申書を書くように強要されました。虚偽の文書をなんのために書かされたのか、いまもって不可解です。不審な案件はほかにもありますが、誠意のある対応はとっていただけません。この調査の真相をあきらかにしていただき、誠意あるご回答をお願いいたします〉。

読みおわって気がつくと、会議室の入口に長身の男が立っていた。事務局の奥で執務をしていた男だった。かれは腰に両手をあて、会議室の幹部たちを睥睨した。事務局長の佐伯恭介だった。

「この社長さんが、わるいことをするひとにみえますか。きわめてまじめなひとであることぐらい、この道のプロならわかるはずです。いま公然と、税務運営方針に背いた調査がおこなわれているのを、あなたたちはごぞんじですか」佐伯は視線をつよめて、総務課長と統括官に語りかけた。「知らないはずはないでしょう。あなたたちの部下は、納税申告制度の根幹を揺るがす由々しき行為を平気でやっておる。統括、民主主義を脆うくさせる、違法な調査は即刻やめさせなさい。総務課長、あなたも監督不行届きの責任は免れない」

糾弾されて、ふたりの幹部は視線を卓上に落とし、身じろぎもしなかった。佐伯の弁舌はとまらなかった。

「それどころか、刑事法にふれる脅迫さえ、あなたたちの部下は犯しているのです。国税通則法と所得税法違反の容疑も濃厚だ。あなたたちは、国税施行令と施行規則、所得税施行令と施行規則をごぞんじか。国税徴収を任務とする国家公務員は、こういうきびしい掟をきちんと勉強しなさい。国税庁長官の通達、財務省告示、こうした内規も守られていない。いいですか、違法行為の責任は、すべて指揮監督の立場にあるあなたたちの負うべき責任なのですよ」

かさねて責任を追及されたが、ふたりは沈黙を貫いた。事務室の調査官たちは佐伯の声を背後でだまって聴いていた。

「かかる違法調査によって書かされた上申書は、なんら法的根拠をもっていない。

野崎祥司さんに、すぐ上申書をかえしなさい。いいですか、違法な書類は即刻かえすのですよ」

佐伯は、総務課長と統括官にとどめを刺したあと、事務室へ向きをかえた。

「調査を受ける個人が、税務や税法にいかに無知であるか、現場のあなたがたはそれをだれよりもごぞんじのはずです。課税処分をしようとするあなたがたの質問検査に、はたして対応できるひとが何人いると思います？　自分の権利や利益を守る手立てをもっていないひとが受ける調査の恐怖は、察するにあまりあります。そうは思いませんか。あなたがたは調査の現場で立会人を排除されますが、いまの民主的な税制度を護るためにも、ぜひ考えなおしてほしい。あの厳格な裁判所でさえ、いまは民間から裁判員を択んで法廷に立ち会わせ、司法の公正をめざしているではないですか。税制度をより公正にすることは、あなたがた調査官のためでもあるのです」

佐伯の訴えに区切りがつくのを待って、島塚が事務局長をふたたび会議室のなかへ招き入れ、入口の扉を閉めた。土井が席を移動して佐伯に譲り、祥司の横へ島塚が坐って、四人はあらためて総務課長と統括官に向きあった。こんな晴れやかな気持ちになったのは幾日ぶりだろう、と祥司は思った。

古杉は挑むような眼を佐伯に向けた。

「なにが、調査官のため、なんです？」古杉の顔に怒りが浮かんだ。「あなたたちはみせかけだけの理屈をこねておるが、われわれは国家の基盤を安定させるための重要な仕事をしておるのだ。あなたたちがやっていることは市民団体の名を借りた公務執行妨害だ。われわれに課せられた質問検査権の妨害以外のなにものでもない。ここはそんな言い分を聴くところじゃない。国家公務員にはきびしい守秘義務ちゅうものがある。立会人がいては、その義務がはたせないのだ。さっさと帰ってもらおうか」

興奮する古杉に、佐伯は冷めた眼を向けた。

「まあ、古杉さん。あなたが奉仕しなければいけない国民に向かって、そんな言いかたをしてはいけませんな。当局は国民にたいしてはおそろしく厳格な役所です。違法行為については、刑事罰をふくむさまざまな罰則を規定し、法的義務の履行をきびしく強制している。ところが、どうです？　あなたがたには守秘義務違反のほかには、罰則規定がなにもない。その守秘義務でさえも、あなたの部下たちは納税者だけに強制しようとしている。それにくわえて、あなたたちは徹底した秘密主義者だ。自分たちの義務については口を拭って、およそ守ろうとする意思が見受けられない。ちがいますか。まず憲法の勉強からはじめてください。それから税法もよく読んでくださいませんか」

「なんと言われようと、わたしらには守秘する義務が課されておる。その義務を守ることが、すなわち国益を守ることなのだ。おわかりかな」

古杉は事務室で耳をそばだてる部下たちを意識して、肩をそびやかし、理論も理屈もいっしょにまるめこんで大きな声で威嚇した。

「守秘義務とおっしゃいますが、古杉さんのおっしゃる秘密というのは、だれのための、だれにたいする秘密なのですか。なんのための秘密なのか、それを具体的にあきらかにしてほしいですね。じゃ、お訊きします。個人事業主にとって命のつぎにたいせつな取引先を、あなたは部下に調査させようとしたことはないですか」佐伯は粘った。「反面調査などと公然と呼んで、納税者の大事な秘密を世間に公表しているじゃありませんか。調査官に守秘義務があるというのなら、納税者に断りもなく反面調査をしてはいけません。なぜ、それに気づかないのですか。あなたたちの多くは、徴税権力をふりかざせばなんでもできると思いこんでいる。無知なひとたちをみくびって羞じることもない。統括、あなたは立会人の徹底排除を部下に命じておられるようですが……。もしもですよ、いまご子息が事業をなさっておられるとしましょうか。あなたは上席調査官に命じて、密室で上申書というものを書かせますか。虚偽の事実によって、修正申告を強制されますか」

古杉は口をひらこうとはせず、佐伯から眼をそらせた。

「野崎さんにたいする調査は、古杉さん、あなたの指示ですよね」

佐伯がそう念を押したとき、待ちかまえていたように祥司がことばをはさんだ。

「水原調査官はほんとうに調査をする気があったのでしょうか。青色申告の承認をとり消す、とか、反面調査をする、などと脅しながら、上申書を書かされました。最初から推計課税ですまそうとしていたのではないか、そんなふうに思えてならないのです。これではまじめに記帳をしてきた妻が憐れです。総務課長も統括官も、おふたりは立派な国家公務員のつもりかもしれませんが、言っておられることに誠意が感じられません。あなたたちの無言の威嚇こそ、街のごろつきとおなじに思えてしかたがないのです。税務調査には第三者の立会人が必要です」

会議室の空気が一瞬、凍りついたように動きをとめた。四人は総務課長と統括官の見解を待った。古杉がやっと口をひらいた。

「立会人として認められるのは、あなたたち無資格の一般人じゃない。税理士などの有資格者が、委任を受けたときだけだ。資格のない者が立ち会うのは、あきらかに税理士法の違反だ」

「もし立会人を認めないとおっしゃるのであれば、密室で受けた調査の事実をだれが証明してくれるのですか。せめて監視カメラでもつけて、裁判とおなじように録音、録画をした記録を公開してくださいませんか」

祥司は食いさがった。

「古杉さん、税理士が顧客の代理人として調査に立ち会うのと、第三者が立ち会うのとは根本的に意味がちがいます」佐伯は辛抱づよく統括官を説いた。「税理士の行為は本人がしたのとおなじ法律行為とみなされますが、立会人は納税者の代理をするわけではありませんし、質問検査を受けるわけでもありません。第三者の立ち会いがなぜ必要か、と申しますとね、現場で人権を無視するような調査をされると、民主主義の根底が崩れてしまうからです。どんな立派な税制度も動かすのは人間です。法に反する調査を強要していないか、ぜひ、そのことを自覚して調査官をご指導いただきたい。法さえ守れば、第三者の立ち会いをなにも怖がることなどないはずです」

総務課長がひとことも発言しないのは、重責を意識して、言質をとられないように用心しているのだろう。

「古杉さん」佐伯の口調がきびしくなった。「申告書にヒトという字をマルでかこった表示をつけたことはないですか」

ほかの五人がいっせいに固唾をのんだ。

「ヒト?」

古杉の曖昧な表情からは、とぼけているのか、ほんとうに知らないのか、真意が読みとれなかった。

「そう、ヒトというのはですね、人権の〈人〉という文字です。人権救済連合会の頭文字をマルでかこった表示、みたことあるでしょ?」

「そういう表示はなかったと思います」

古杉のことばづかいが慎重になった。

「特団、ということば、署内でつかっていませんか」

佐伯の口もとに皮肉な笑みが浮かんだ。

「特段に配慮するという、あの特段？」

とぼける古杉に土井が烈しいことばをあびせた。

「茶化すんやない。まじめにこたえんかい。われわれを特殊な団体に指定して、納税非協力団体のレッテルを貼ろうと画策してるんとちがうか」

「どうなんです、統括」佐伯の眼に怒りが浮いた。「特団とか、納税非協力者とか、そういうことばを公然とつかっていますよね」

「聴いたような気もしますが、わたしはつかったことがありません」

「あなたは水原調査官に特殊な研修を受けさせていますよね。上級官庁である国税局へ派遣する指名研修ですよ」

「上席調査官の研修は年間スケジュールに組みこまれていることだし、上からの指示があれば、それに従うのがわたしの仕事です」

「そんな受け身の研修ではないはずです。当局あげての徹底したものではありませんか。特団の立ち会いをどう排除するか、特団を納税非協力団体だと逆宣伝しろ、と。水原調査官は研修を終了したとき優秀だったので、強攻班に組みこみ、野崎さんの調査をやらせた、そうでしょ？　ところが皮肉なことに、野崎さんに虚偽の上申書を書かせたばかりに、〈特団〉のメンバーに追いこんでしまった、えらい誤算でしたね」

「事務局長のおっしゃってること、ようわかりませんな。特殊な研修だとか、強攻班だとか……」

「水面下で特団つぶしのローラー作戦をはじめているそうじゃないですか。任意調査を装っているということだから芸がこまかい。事前連絡をしない、理由開示をしない、立会人を排除する、協力しないのなら独自の調査をすると脅かす……。野崎さんが経験されたパターンのようですな」

「ほう、そんなローラー作戦というのがあるのですか」古杉はあくまで白をきるつもりのようだ。「わたしは初耳ですが、どこからお仕入れになった情報で？」

「檄をとばしているのは、あなたですよね」

「うちの内部情報をずいぶんとごぞんじですな」古杉の声がうわずった。「あんたたちは支援団体の名を借りた納税非協力団体としか考えられない。わたしはそう思っておる。メンバーに望まれれば、わたしは筋のとおった納税団体へよろこんで入会の手伝いをするつもりだ。記帳の代行を希望されるかたには、いつでも顧問税理士を紹介したいと考えておる」

「統括、やっと本音を話す気になりましたか」

佐伯が古杉に眼を据えたとき、それまで沈黙していた課長が立ちあがった。

「事務局長、もうよろしいでしょう」課長が慇懃にあたまをさげた。「ご指摘は、襟を正して拝聴しました。わたしどもは誠心誠意、手立てをつくして善処するよう努力いたす所存でございます」

意表をつかれて佐伯はだまった。が、すぐ姿勢を立てなおした。

「相手をまちがえていませんか。人権を蹂躙されたのは、こちらの社長さんですよ。どう善処するのか、それを具体的におっしゃってください」

「担当者をご自宅にうかがわせて、修正の数字を説明させます」

総務課長は揉み手をしながら約束をすると、あとは頼むよ、と古杉に言いおいて入口へ向かった。去りぎわに祥司に向けた眼には敵意が滲んでいた。

佐伯も課長に符牒をあわせたように立ちあがると、通路へでて、事務室の調査官たちに深く一礼をした。

佐伯の姿が消えるのを待っていたように、古杉はいきなり声を荒げた。

「上申書は返却できない」

態度を豹変させた統括官に、土井が怒りの眼を向けた。

「どうしてや、わけを言え」

「上申書はもう公文書になっておる。それも知らんで、ここへ押しかけたのか」

「証拠をみせんかい。収受印を捺した上申書を、いま、すぐにださんかい」

「おみせするぐらいのことは、かまわんですよ」

古杉は腰をあげると事務室を覗き、若い調査官のひとりに声をかけて、上申書をもってくるように命じた。

「野崎さん、すぐ確認したほうがいい。収受印をいまから捺されちゃ、たいへんだ」

島塚が古杉にあてつけるように野崎を促した。

まだ身を隠したままなのか、席に水原と篠谷はいなかった。調査官は水原の机の抽出しからファイルをとりだすと、一枚の書類を抜きだした。祥司の書いた上申書の右肩に直径三センチほどの黒い印影がくっきりと捺されていた。踏み絵に賭けた望みは断たれた。もういいではないか、という虚しい思いが、祥司の胸のうちに拡がった。

会議室へ戻った祥司を待ちかまえていた島塚と土井は、祥司のうつろな眼をみて、すぐ事態を読みとったようだった。

「いかがでしたかな。ご納得できたら、そろそろお退きとり願えんですかな」

統括官は余裕をとり戻した。三人の顔を順繰りにながめてから、古杉はゆっくりとした足どりで会議室をでていった。

「宮仕えもたいへんやな。かれらも家庭のある勤め人やからなぁ」

土井はいつものやさしい眼に戻っていた。

「さあ、われわれも帰るとしましょうか」

島塚が腰をあげると、そやな、と言って、土井が応じた。祥司はだまって、土井と島塚に深々とあたまをさげた。三人は総務課で抗議文に収受印を受けてから正門をでた。歩きながら島塚が祥司の顔を覗きこんだ。

「やっこさんたちは、ああいうやりかたで無辜の民の言論を封じるのです。上申書は残念ながらとりかえせなかったけど、報告すれば官兵衛はわかってくれると思います。次善の策を考えましょう。ああいう役人の卑劣さだけは、とうてい赦せませんからね」

「訴訟をおこす権利もあるんやから、望みは最後まで棄てんでいきましょ」土井が静かに言った。「な、野崎さん。ながい闘いになるかもしれへんけど、道はきっと拓けます」

ふたりの闘士の顔から、あの烈しさは跡形もなく消えていた。その日をさかいに当局からの音信はとだえた。

六

待ちあわせの時間にはまだ間があったので、祥司は近くの公園に脚をのばした。麻美とカフェ〈菩提樹〉で会うのは何カ月ぶりだろう。世界一周の旅から戻った、と麻美から連絡があったときは、つい気持ちが昂った。繁った葉櫻のあいだを抜ける風が新鮮に思えた。盛り土してつくられた小さな丘の頂きには、黄色と青色に塗りわけられたコンクリート造りの大きなテーブルが二脚据えつけられ、そのまわりをおなじ色のコンクリートのスツールがとりまいていた。十人ほどが腰をおろせるドーナツ状のかたちをしていた。ここへ立ち寄るたびに、偶数日は青、奇数日は黄と、祥司はひそかに決めていた。この日は、青いスツールに腰をおろして時間の来るのを待った。

週末はいつもとちがって親子づれが眼についた。公園と地続きの小さなグラウンドでは、少年たちの野球チームが歓声をあげていた。祥司がその方角にぼんやりと眼を向けていると、少年のひとりがネット越しにグラブを高くあげて両腕を揺らした。健太だった。早朝の公園を散策していて顔見知りになった小さなメール友だちだ。公園に隣接した町内の野球チームのキャプテンをやっていて、ときどき他チームとの試合の案内をよこしたり、結果を報せてきた。健太はひとしきり腕をふると、仲間たちの声に向かって駆けだしていった。遠ざかる背中をながめるともなくながめていると、少年だった日々が忍び寄ってきた。祥司も、遊び、学び、社会人になって、だれもが歩むコースを自然に生きてきた。それが玉城のスタジオを訪ねた日から軌道がすこしずつ横へそれだしたような気がした。

祥司は腕時計に眼を落とすと、ゆっくりと立ちあがった。歩道を五分ほど歩くと〈菩提樹〉のまえにでた。あのイヴの夜から、〈冬の旅〉の醒めた旋律がこころの空洞に反響しあって、麻美とのひそやかな行脚がはじまった。

ガラス戸越しに若い女の姿が映った。女はスツールに腰をおろし、止まり木をはさんでマスターと親しげに話しこんでいた。常連客だろうと見当はついたが、斜めに射す陽差しがガラスに跳ねて顔の輪郭が曖昧だった。祥司は手のひらをかざして陽差しをさえぎり、ガラスに額を寄せて店内を覗いた。客は麻美だった。

自動扉があくと、ふたりは同時にこちらに視線を向けた。麻美の唇から、先生、と声が洩れた。

「おお、ひさしぶりだね」

声になつかしさをこめる祥司を気遣って、マスターは調理台に向きをかえて背中をみせた。

「マスター、水だけじゃないか」

祥司の声に、マスターがふりかえり肩をすぼめた。

「田所さまが、社長のご来店をお待ちになる、とのことでしたので」

麻美が面映ゆそうに祥司をみた。

祥司が腰をおろすのを待って、きょうは、どのカップに？　とマスターが麻美にたずねた。背後の棚にマグ・カップが六十個ほどならんでいた。どれひとつとして形状や絵柄がおなじものはなかった。マスターは麻美の指差す水玉模様のカップをおろしながら、社長はいつものホワイトでいいですよね、と念をおした。絵柄も色彩もない真っ白いカップだった。ふたつのカップに濾し袋をセットし、ミルで挽きあげたコーヒー豆の粉末を入れると、マスターはノズルからゆっくりと輪を描いて熱湯をそそいだ。茶色の粉末は蒸れて、やがて真っ黒な液体になった。

「いつ戻ったの」

祥司は短く訊いた。麻美は悪戯っぽい眼を向けた。

「ごめんね。だまって、海を越えちゃって……」

甘えた声に、祥司は俯くマスターに視線を向けて、人差し指をそっと立てた。

「無事に帰ってこられて、よかった」

祥司は声をひそめて麻美をいたわった。

「こちらこそ、心配をかけて……」

熱いコーヒーを満たしたふたつのカップが、止まり木のうえに差しだされた。つよい香りがたちのぼった。ふたりは湯気のたつカップを持ちあげて乾杯のしぐさをした。晴れやかにわらう麻美の眼に、過ぎたイヴの情景がなまなましく映しだされた。あの夜、祥司は自分の檻のなかへ麻美を誘い入れず、自由な世界へと放った。どちらがしあわせで、どちらが不幸だったのか、まだ結論はでていなかった。

「ご帰還、おめでとう」

「ありがとう。一生の、思い出になった」

祥司はカップをもつ麻美の指に眼をとめた。

「爪嚙みも治ったね」

爪はきれいに切りそろえられて、艶やかに磨かれていた。

「旅のおかげ。ううん、金満ドクターと言うべきかな」

物想いにふけるふたりの沈黙をマスターが破った。

「いましがた遠田ちゃん、立ち寄られて帰られましたよ」

「あいかわらずだな」祥司は呟いた。「あいつは土曜日でもこまめに出勤する、世にもふしぎな男だ」

「それに、よく気がつくわ、あのひと」

麻美が相槌をうった。

「早朝出勤だけが取り柄のような男だけどね。それでも、うちでまともなのは、あいつぐらいだからなぁ。ほかは推して知るべしだ」

祥司は自嘲気味にわらった。

「そんなこと言っちゃいけませんよ、社長。田所さんのおっしゃるとおりです。みんな気立てがいいひとばかりですよ」

マスターは麻美の肩をもった。

「気立てがいいだけじゃ、いい作品はつくれない」祥司は嘆いてみせた。「マスターにとっては、ま、あんな連中でも、お得意さまかもしれないけどね」

「いや、仕事に熱心なすばらしいスタッフばかりです」

マスターは機嫌よくそう言うと、また調理場のほうへ向きをかえた。

バック・ミュージックがいつのまにか〈冬の旅〉にかわっていた。麻美が姿をみせるとマスターは決まってこの歌曲を流した。はじめて彼女が玉城に連れられて訪れた日、とってもいい、と言ったのをいまもおぼえているのだろう。

〈冬の旅〉に収められた曲は、どれも孤独な若者の心情が身に染み入るような唄ばかりだった。なつかしい恋をしのぶ『菩提樹』がおわると、旋律は恋人への断ちがたい想いを謳う曲に移った。麻美は止まり木に頬杖をついて聴き入った。孤独な男を愛する女の一面が麻美にはあるのかもしれない。やがて恋を失った若者が旅にでる曲が流れた。氷結した川面に恋人の名を刻む男の心情が描出されると、麻美の眼がひときわ彫りを深くした。

祥司はふと麻美の人間関係に思いを巡らせた。〈冬の旅〉のメロディーに気持ちが波立つのも、イヴの終焉の場面に曲をかさねて聴くせいかもしれない。

麻美は横顔に祥司の視線を感じたのか、ふいに眼が翳った。

「わたしは、悪女」

だが謳うような低い声に屈託はなかった。

「カリブの海の色も忘れられないし、イースター島のモアイ像も謎めいていて、ふしぎな魅力があった。マダガスカルの自然もすばらしかったし……。こうしてると、なんだか、みんな現実ではなかったように思えてくる」

麻美は淡々と感想をつづけた。祥司は彼女のふしぎな行動力にあらためて驚嘆の眼を向けた。

「だってね、マダガスカルに住むひとたち、これまで想像したことのないような生活をしていたの。三割がメリナ人でね、あとベツィミサラカ人、ベツィレオ人、シハナカ人といろいろなひとたちが暮らしているのだけど、産まれた赤ちゃんの十人のうち九人が死んじゃうんだって。ショックだった。病院があるにはあるのだけど、朽ちたベッドがあるだけで、医療設備らしいもの、なにもないのよ。備品のない病院があるなんて……、この地球上には、まだ、そんな国があるのよ。信じられる？」

「じゃ病気になったひとは、どうするんだい」

祥司は真顔になった。

「入院するには条件があるというの。医者の指示どおりに、本人か家族がね、薬屋さんへいってくすりを手に入れて備品も買いそろえないと入院できないんだって。なにかひとつでもたりないと診てもらえないなんて、悲惨よね。お金のないひとは治療を諦めるしかないみたい。この国は古代に近い、と言ってたひとがいたけど、平均寿命が五十歳前後と短いのも、そんな環境のせいなのね」

ふたりはほとんどいっしょにため息を洩らした。

「古代人の暮らしか……」祥司の口調が重くなった。「いい勉強をしたね」

「きびしい現実だったけど、景色のすばらしいのが救いだった」

「そのカルチュア・ショックは脚本に活かせるよ。いや活かさなくちゃね。きっと迫真に充ちた社会派作品になる。原稿ができたら、ぜひ読ませてほしいな」

祥司に励まされて麻美の眼差しに艶が浮いた。

「うん、書くね。ビデオも撮ってきたので観てね。いつか、いっしょに、ね」

麻美は声をひそめて祥司の眼を覗いた。ぜひ観せてもらうよ、と言いながら、祥司は、いつ、とは言わなかった。そんな相手をみつめて、麻美はどこか寂しげだった。

「旅のなかで、ひとつだけ択ぶとしたら、どこがいちばん印象にのこった?」

祥司はさりげなく話をかえた。

「そうねぇ、喜望峰かな。夕陽がとっても美しかった」

「南アフリカの南西端、ケープタウンの岬だね」

「大地がストンと海に落ちこんで、地果て、海、はじまる、って感じだった。海の果てに落日を拾いにいきたい、と謳った一句があったでしょ。あれを思いだしちゃった」

「ああ、あの句。あれは南欧の夕陽のすばらしさを謳った句だね。大西洋と向きあっているポルトガルのサンタクルスという街に、その句が自然石に彫られていた。『落日を拾ひにいかむ海の果』とね。ポルトガル語が添えられて……」

麻美の旅の話を横どりして、いつのまにか祥司は陶酔していた。

「その句、先生自身の眼で読んだの？　すごい」

「通りには、日本の作家の名がつけられていた。プロフェッサー・カズオ・ダンとね。そこに作家は一年半ほど滞在して小説を書きあげたようだね」

「あの、愛人との生活の一部始終をリアルに描いた？」

にわかに麻美の眼が深くなった。祥司は作品の内容に立ち入るのをさりげなくさけた。

「小説の書かれた当時は、ほんの千人ほどの寒村だったらしいね。海中から突きでた岩のまんなかに、でっかい穴があいていていてね、その洞窟のなかを大西洋の荒波が寄せたり、退いたりしているんだよ。陽が大海原の果てに落ちだすと、あたりはすぐ闇になって、波の音だけが部屋のなかに響いてくる……。かれは執筆に疲れると、あの潮騒を聴いていたのかなって、いまも、ふと思ったりしてね」

祥司の気持ちを察したのか、麻美も小説の内容には踏みこまなかった。

「サンタクルスって、どの辺にあるの。わたしも、落日を拾いにいきたくなっちゃったな」

「首都のリスボンからそんなに遠くはないね。三十キロぐらい離れたところかな。ぼくが訪ねたときは、もう寒村のイメージはなかった。街路は石畳で舗装されていたしね、どの建物も白と青に整然と統一されて、街中が瀟洒な雰囲気だった。あの色調は、たぶん宗教を象徴する色だろうね」

麻美の眼に好奇心がつよく浮きあがった。

「すると、日本との時差は……」

「だいたい、八、九時間、いや十時間ぐらいだろうか」

「じゃ落日を拾う時間は、日本では早朝？　まだ夜の明けない深夜かなぁ」

麻美は潮の音を聴きとろうとして、耳を澄ませているようだった。

「思いだすとなつかしいなぁ」

祥司もいっしょになって耳を澄ませた。

「先生。いつか、わたしを連れてって。その街へいって、海に沈む夕陽がみたい」

「ぜひ、いっしょにいこう」

ふたりは指切りのしぐさをした。

コーヒーを飲みおえると、祥司は麻美を誘って外へでた。

ふたりが寄り添って散策するのはひさしぶりだった。祥司は緑陰に映える若い女の横顔にあらためて過ぎた歳月を思った。それぞれが殻に閉じこもり、自分なりの小さな世界をかたちづくってのつきあいだった。なんの連帯感もなく、それでいて、たがいの存在が気になるという、ふしぎな人間関係をふたりは持続していた。孤立しながらも縁がきれなかったのは、麻美の天性おおらかな資質が祥司に安らぎをあたえつづけたせいだろう。

ひとの気配がとだえた昼下がりの広場を、ふたりはしばらく散策したあと、葉櫻におおわれたテーブルに向きあって腰をおろした。葉櫻にも風情があったが、秋の紅葉にも、冬の裸木の群れにも、公園には棄てがたい趣があった。

麻美は無心に遊ぶ子の若い母親をだまってみつめていた。おなじ世代だろうか。戯れる親子づれをしばらく無言でながめていたが、ふと思いついたように、祥司にゆっくりと視線を戻した。

「先生、いま、たいへんなんですって？　ささやかにやっているのに、なんで？」

「ああ、調査のこと？　うん、ちょっと、ややこしいことになってね。任意の調べなのに、まだ決着がつかなくて……。コウちゃんから聴いたのかい」

「遠田くん、心配していた。かれの話では、なんだか複雑に入りくんでいて、ふつうじゃないみたいね。わたしの仕事も個人申告だけど、いつも半日でおわっちゃうよ。それに調査のまえには、かならず都合を訊いてくるしね」

麻美から真剣な眼差しをそそがれて、祥司はこれまでのいきさつを洗いざらい話す気になった。

だが事態がここまでもつれると、祥司の気持ちは、どこか冷めていた。脱税犯は刑事犯とはちがって、追徴という罰を受ければ、国家と和解するルールがあった。問題は調査の過程でおきた人権侵害のひどさだ。尋常でない調査になにか裏があるように思えて、祥司は当局と和解する気をなくしたのだ。軟禁されて帰宅したあの夜、夜半に眼醒めて、祥司はながい時間、浴室のシャワーを垂れ流して悔しさをごまかした。あのときから人間の崩壊がはじまったような気がした。それがいま、さらに加速されようとしていた。

「よくわからないなぁ」麻美は調査の動機にこだわった。「向こうはなにか重大なことを隠しているような気がする……」

しろうとの直感というより、女の直感とでもいうのだろうか、麻美の口調には確信に近いものが感じられた。その視線はもっと語りかけたそうに複雑に揺らいだ。祥司も心境をつたえたい誘惑にかられたが、複雑な胸中をいま話すのには無理があった。

だまりこんだ祥司を麻美が不安そうにみつめた。

「どうかしたの、先生」

「いや、なんでもないよ」

いずれ古杉は水原になにか画策を指示するだろう。麻美にはその結果をつたえよう、と思い、その場では口を噤んだ。

麻美はさらになにかを訊きだそうとするように、しばらく祥司の顔をみつめていたが、ふいに考えがふっきれたように、遊んでいる母と子に視線を向けた。意志のつよそうな若い女の横顔に祥司はふと得体のしれない不安を感じた。

七

当局は再度、返却した帳簿書類を提出せよ、と要求してきた。動きが慌ただしくなったのは、翌月に控えた恒例の七月の人事異動に思惑があるように思えた。

「ちょっと待ってください。まだ修正額の説明をいただいておりません」祥司は電話口で反論した。「総務課長が説明するとおっしゃった、あのお約束、あれはどうなりました？　そちらのほうが、さきじゃありませんか。納得できれば、いつでも捺印します」

水原の背後で、まだ調査中だと言え、と指示する老獪な古狸の声がした。古杉の監視を受けて窮地に陥っている水原の顔が眼に浮かんだ。調査中だと言え、と、また促す声が聴こえた。

「まだ調査中です」

送受話器の向こうから水原の声が聴こえた。祥司も負けてはおれなかった。

「調査を終了したとおっしゃったのは、水原さん、あなたご自身ですよ。正しく調査をされたのであれば、修正額はなんどみなおしてもおなじになるはずでしょう?」

「あなただけを特別あつかいにはできんのですよ。最初の調査とおなじ次元にたち、書類は五年さかのぼって検査をしたい」

古杉の手前なのか、水原の口調がひらきなおった。

「約束がちがいます」祥司もあとには退けなかった。「修正額を説明するとおっしゃった総務課長との約束を守ってください」

しばらく沈黙があって、また声が戻った。

「説明ではなく、確認ということで、ご了解ください。では、そういうことで」

水原は硬い声をだして通話をきった。

支援団体の支部へ電話をかけると、島塚はもう出勤していた。祥司はいきさつを順序よくまとめてつたえた。

「理不尽ではあっても、悪法もまた法なりです」島塚はあっさりと言った。「粘り腰でいきましょう。こちらから古杉のほうへ電話を入れ、第三者の立ち会いができるように交渉します」

祥司は微妙なずれを感じた。再調査を前提にしたような島塚の話しぶりが意外だった。第三者の立ち会い？　それは古杉が忌み嫌っているはずの対応ではなかったのか。支部長といっしょに抗議をしたあと、次善の策を考えよう、とも言った局次長の台詞とは思えなかった。支援団体の内部に闇の部分があるのかもしれない、そんな疑いがよぎった。

昼近くになって、島塚から事務所へ電話で返事が届いた。

「統括に電話でかけあったのですが、やっこさん、立ち会いということばに異常に興奮するのですよ。まるで九官鳥との問答みたいになってしまった」

島塚の巧みな弁舌を祥司は意識の外で聴き流した。はじめからわかっていたことではないか、と思い、それまでの昂揚した気持ちはたちまち萎えた。

午後になって、こんどはめずらしく絵里から電話があった。

「お客さんたち、やってきたわよ」のびやかな声が送受話器から聴こえた。「いきなりへんなこと言うのよ。ご主人とのあいだに誤解があるようなので、よく話しあいをさせていただくつもりです、って、これ、どういう意味かしら。修正額の数字にいきすぎがあったと判断しました、歩み寄るための確認です、とも言ってたわ。それにね、これでご主人もさきがひらけるでしょう、だって。なにが言いたいのか、わたしにはよくわからない……」

「お客って、水原と篠谷のようだな」祥司は囁くように言った。「主語を正確に言えよ。ここは事務所なんだ。時と場所を考えて、もっとわかるように話してくれ」

祥司が声をひそめたのは、遠田の視線を意識したせいもあった。

「そう、水原さんと篠谷さんよ」絵里もあわてて声をひそめた。「わたしね、言ってやったのよ。おっしゃっている意味がよくのみこめません、って。否認した金額が、なぜ説明できないのですか、って。ねぇ、まちがっていないよね、わたしの言ったこと」

絵里の声が異次元から聴こえてくるようだった。

「勝手に応対しないで、なぜ、すぐ電話をよこさないんだ」

祥司は声に苛立ちをこめた。

「だって、そんなタイミング、なかったのよ」

「タイミングだと？　やつら、いま、そこにいるのか」

「やつらがいたら、こんな電話できないわよ。すぐ帰っていった。あ、そうか。家のなかへ入れたと思ったのね」絵里はおかしそうにわらった。「ピンポーンが鳴ったとき、画像でわかったから、そのまま対応したのよ」

「なぜ、それをさきに言わないんだ」

画像と向きあって悠長に相手をする妻の姿を思い描いて、祥司の緊張がゆるんだ。

「ごめん。心配してくれたのね。役人って、なぜ、ああいう言いかたをするのかなぁ。なにを訊いても、まだ調査中です、とか、誠意努力します、とか、そればっかりなのよ。最後に、もういちど深く調べなおします、と言って、帰っていったわ。いままでは、きっと浅く調べたのね」

上司から、調査中だと言え、と指示されれば、それをひとつおぼえのようにくりかえす役人の融通のなさは憐れでさえあった。かれらとの攻防は一進一退だった。こちらが積極的にでれば、向こうは逃げ腰になり、こちらが退けば、かれらは平気で法を犯して攻めこんできた。それにしても、そんな行動をなんのためにくりかえすのか、祥司はつよい疑念に捉われた。事前に連絡をしないで押しかけてきて、曖昧な会話に終始して帰っていく、そんな行動には得体の知れない不気味さがあった。

「調査のやりかたがふつうじゃないな」

祥司は送受話器に向かって呟いた。

「帰りぎわにこんなことも言っていた」絵里の口調がすこしあらたまった。「あの団体は、ご主人にとってためにならないですよ。統括も心配しております、だって」

相手の意図がすこし鮮明になった。統括官にとって支援団体は獅子身中の虫なのだろう。その立ち会いには反吐のでるような嫌悪があるにちがいない。外部の干渉には一歩も退かないという古杉のプログラムに、調査の途中からそのメンバーになった祥司が火をつけてしまったらしい。このさきの上司の強攻策を水原は警告したかったのだろうか。

夜、帰宅して、祥司は絵里に古杉の謀略説を話した。

「島塚さんが言っていたよね、修正申告書とセットにされるとやっかいだ、って。ところが、かれらはいまだに修正申告書が査収できないでいる。上申書だけでは法的な効力がないから、焦っているのだ。戦略を転換して、こちらを調査に協力しない方向に追いやって、納税非協力者に仕立てあげようとたくらんでいるような気がする。きっと、そうにちがいない。調査をするふりをして、その証拠を積みあげようとしているのだ」

祥司の推理を聴いて、絵里の顔が緊張した。

「そういえば、わけのわからないことばかりね。やっぱり調査をする気がないのかもね」

「再調査の裏には、きっと仕掛けがある」

「だったら納税非協力者にされるまえに、こちらから先手をうって、帳簿書類をみせたほうがいいね。島塚さんに相談してみたら？」

相談相手に抵抗はあったが、祥司は絵里のすすめに従った。

島塚は事務局でまだ仕事をしていた。祥司が用件をつたえると、事務局長に相談してみる、と島塚はこたえた。

「事務局長もまだお仕事ですか」

「いや、偉いひとはもうお帰りです。自宅へ電話を入れてみます。黒田官兵衛の知恵袋を借りましょう」

しばらく待つと呼出音が響いた。送受話器をとりあげて居ずまいを正す絵里をみて、相手が黒田官兵衛であることはすぐわかった。絵里は通話のあいだ身じろぎもしないで、弟子のように、はい、はい、と頷いた。通話時間は短かった。

「結論から言うわね。再調査を受け入れて、盗聴、盗撮をしなさい、という指示よ」

絵里は昂った喋りかたをした。

「盗聴？　盗撮？」

祥司は息をのんだ。

「古杉という統括官はわれわれの立ち会いを認めないだろう、って官兵衛さん、言ってた。ここは相手の調査に従っておいて、後日のために、現場の証拠を押さえておいたほうがいいだろう、って」

「しかし……」祥司は唸った。「どうやって盗聴盗撮をやるんだ」

「盗聴はペン型のような小型のもので録音し、盗撮はスマートフォンがいい、と言うのよ」

「そんなことを即座につたえてきたのか。闘いのプロフェッショナルだな」

「このことは島塚にも言わなくていい、って。なんだか怖いようなひとね」

祥司は支援団体の複雑な組織を想像した。

「役人の臨場を受け入れるとすれば……」祥司の表情は暗かった。「平日しかないか。こちらにだって仕事がある。耐えらんな」

「じゃ、あすの朝、わたしが電話するね」絵里の表情に生気がでた。「官兵衛さんが言ったわ、怖れるな、されど侮るな、って。さあ、いよいよ関ヶ原ね。ムショ側からだれか寝返ってくれないかなぁ」

「寝返る？　なんだ、それ」

「うん、関ヶ原の天下を分けた闘いのさなかに、小早川とかいう武将が寝返ったのでしょ。それで勝敗が決着したのよね」

「ああ、小早川秀秋か。侍の気骨は、いまの国家公務員にはないな。まちがっても篠谷がこちらに寝返ってくれることはないね」

祥司がとりあわないと、そうね、と呟いて絵里はだまりこんだ。

水原の臨場の日、事務所を休むと遠田につたえて、祥司は事情を話した。だいじょうですか、と遠田はひとことだけ言って通話をきった。

絵里が応接間にサイド・テーブルを置き、そのうえにダンボール箱を二個ならべた。チャイムが鳴ったのは午後一時五十分だった。こんなときでさえ水原と篠谷は律儀に約束の十分まえに来訪した。

ふたりを絵里が席へ案内し、祥司とならんで相手と向きあった。

「資料はそこにおきました。付箋もそのままにしてあります」

絵里がダンボール箱を指差すのを受けて、再調査をお願いします、と祥司が言った。

「再調査ではありません。確認、ということで伺ったのです」

水原の不機嫌そうなそのひとことが祥司の感情に火をつけた。

「いまになって確認ですか。総務課長は説明に伺わせると約束されました」

絵里が狼狽し、スリッパのさきで祥司の脛を蹴った。

「あくまで案件の確認、ということです」

水原は無表情にそう言って譲らなかった。祥司は胸ポケットのレコーダにさりげなくスイッチを入れた。

「修正額の具体的な説明をお聴かせくださいませんか」

祥司はあらたまって、そうきりだした。

「電話でも申しあげたはずです、確認させていただくと。それが前提条件です」

「一カ月も帳簿を領置しながら、まだ確認が必要ですか」

「あなたは領置などと言われますが、帳簿書類は奥さんの了解をえてお預かりしたはずです。占有を取得する強制処分ではありません」

「帳簿は毎日記帳するのが原則だと承知しています」祥司は波立つ気持ちをなだめながら、静かに話しかけた。「二、三日ならともかく、一カ月も差し押さえられますと、この原則を守ることは不可能です。しろうとにもわかるようにお話しいただければ、修正申告書に署名、捺印いたします」

話しあいの方向が怪しくなりそうだった。

「野崎さんとのあいだには、どうも誤解があるようですな。それを解くために、きょうは上司の指示に従って確認に伺ったのです」

「わたしのほうに誤解などありません」祥司は声を抑制してたずねた。「上司というのは……、古杉統括官ですか。けれども総務課長からは、修正額の説明に伺わせる、との約束をいただけました。　誤解があるとすれば、そちらに問題があるのではありませんか」

祥司はレコーダを意識して、担当者の肩書きを正確に発音した。しばらく水原から返事はなかった。無言なら無言でいい。回答がないのも回答だ。そう考えて祥司は胸もとのペンフォルダーに視線を落としたとき、やっと水原からことばが洩れた。

「すべて統括官の指示に従うのが私の仕事です」

祥司が篠谷の考えを訊こうとしたとき、とつぜん水原が割って入った。そして、胸の高さに手刀を水平にかざした。

「修正額は、おなじにはなりません」水原は手刀を下の方向にぐいと押しさげるしぐさをした。「ずっとさがるはずです。いや、さげます」

やはり修正額の数字には根拠がなかったようだ。だまりこむ祥司をみつめて、水原は、残念です、と、ひとこと言った。

「なにが残念なのでしょうか」

祥司が訊くと、相手はまた、残念です、としか言わなかった。

意表をつく盗聴、盗撮を助言した黒田官兵衛に先見の明があったようだ。水原がなにをたくらんでいるのか、それを見極めなければならないと思ったとき、歩み寄りのないやりとりをみて絵里が腰を浮かせた。

「確認でも、再調査でも、わたしたちはどちらでもかまいませんので、ここにある帳簿書類を調べなおしてくださいませんか」

絵里はもういちどダンボール箱を指差した。

ところが水原は、視線をそらせ、手を触れようとさえしなかった。深い対話を望んだのは甘い幻想だったのかもしれない。祥司の失望は絶望にかわった。反抗できないでいる卑屈な身には、沈黙で無視されるのは胸を締めつけられるような虚しさがあった。いったん標的にした相手からはなにがなんでも徴税すると決めている役人に、質問をしようとしたことがまちがいだったのか。祥司は侮辱に耐えた。弱い立場の人間にとっては、相手の軍門にくだるのも生き抜く道だと思いなおした。

「どうか確認をお願いします」祥司は矛を収めた。「ぼくはご要望のとおりに上申書も書きました。すべて水原上席調査官のおっしゃるとおりに協力をしてきたつもりです。青色申告の権利をとり消すといわれる根拠をご確認ください」

絵里がダンボール箱から帳簿をとりだし、水原のまえに置いた。

「ご要望の帳簿書類です」

背筋をまっすぐに伸ばして絵里は相手の顔をみつめた。

水原はそれも無視した。ああ、この男も役人固有の自信過剰の人種なのだ、と祥司は思った。古いタイプの役人は、世の中がかわり、法律がかわったからといって、みずからをかえることができないのだろう。祥司は、みてください、よくみてくださいと言いながら、絵里が卓上においた帳簿を一ページ、一ページ、めくってみせた。そうしながら、この調査でふたたび負った絵里の深い疵を想った。せめて最後に水原のことばが妻の気持ちを癒すものであってほしい、と、ひそかに願った。だが、その期待も瞬時に裏切られた。

「まだ抵抗するつもりのようだね。こんな状況では確認ができない」水原は追い討ちをかけた。「あとは反面調査しかないですな。取引先を軒並み調べると言っているのが、おわかりかな。取引先を失っても、責任はすべてそちらにあるのだよ」

「ひどいじゃないですか。あまりにも……」

祥司がもういちどおなじ台詞をかさねようとしたとき、テーブルが烈しく音をたてた。握り拳で水原が卓上を叩く場面を絵里が画像を観るふりをして録画した。

「退席させてください」

水原はふいに立ちあがると、部下にも席を立つように促した。が、篠谷は坐ったまま、すぐには動こうとしなかった。

卓上には検査を拒まれた帳簿書類が放置されたまま見棄てられた。あれほど要求した書類が眼のまえにあるというのに、調査官が検査を放棄するというふしぎな幕切れになった。

だが水原は感情におぼれるような柔な男ではないはずだ。感情さえもが狡猾な演技である可能性があった。かれらの臨場の目的さえも、祥司は見極めることができなかった。修復の機会は失われた。

篠谷がやっと腰をあげ、祥司と絵里に向かって静かにあたまをさげると、上司の指示に従った。最後の和解の機会が去ったことを篠谷の背中が語っていた。

「本気で反面調査をやる気だったのか、あいつら」

祥司は吐きすてるように呟いた。絵里はだまって腕を緩慢に動かし、帳簿を一冊ずつダンボール箱に戻しはじめた。

八

当局とはふたたび膠着状態になった。そんな鬱の日々がつづくさなかに、ひと筋の光が射しこんだ。取引先の由岐が、世界遺産の映像シリーズにスポンサーの予算がついた、と、つたえてきた。プレゼンテーションをした企画案が採用されたのだ。立地、歴史、生活、と多義にわたるながいシリーズになる。最初の取材は合掌集落に決まった。とりいそぎ茅葺き屋根の葺き替え作業を撮影することになった。一回かぎりの時事性のつよいショットなので、撮りこぼしができない。祥司は玉城を指名して撮影クルーを組んだ。連絡が急だったので、車検にだしていた玉城の撮影車がまにあわず、ふたりは新幹線とローカル線を乗り継いで、バスで山間に入ることにした。

分水嶺の手前で客がひとり降り、バスの乗客は相棒の玉城とふたりだけになった。かれは祥司から離れて前方の運転席近くに坐っていた。自動扉が閉まった。運転手がバックミラー越しに客席をながめて、お客さん、どこまでやな、と声をかけた。が、玉城は返事をしなかった。出発するときから車中でもなぜか寡黙だった。いまだにスポンサーにこだわりがあって、原子力発電所の過去の呪縛から遁れることができないのかもしれない。祥司は運転手の背中に向けて、合掌造りの集落の名を声高に告げた。運転手は衝立越しにこちらをふりむき、あと小一時間やんな、と言って、ひとのよさそうな笑顔をみせた。語尾のつよい訛りを聴くと遠くへきたという実感があった。祥司は窓枠にこめかみを寄せ、靄のなかをゆっくりと動いていく高原の緑に見惚れた。旅の気分に浸って出張先へ向かうのは、仕事の醍醐味といえた。

さきほどまで薄墨色に縁どられた稜線はみるまに闇のなかに沈み、あざやかだった夕映えが消えた。祥司は過ぎた日を追想した。窓ガラスに映る自分の顔に麻美の初々しい顔がかさなった。よくつづいたな、という感慨があった。玉城スタジオの存在がなければ知り合うことのなかった女だ。その美貌とつよい個性は玉城のカメラによって絶妙に磨きあげられた。祥司は玉城と旅にでるとき、いつもそんな感傷にとりこまれ、麻美の演技を脈絡もなく思い浮かべた。

陽差しのすっかり消えた崖沿いにバスはゆっくりとした速度で走った。深い渓谷に沈みこんだ闇が意志をもった生き物のように黒々とうねった。地下水系から地表に噴きだした水は、やがて太平洋側と日本海側に流れを分かって新しい川の源流になるのだろう。運転手が前方に視線を固定し、アクセルを踏みこんだ。つづら折りの急な道にさしかかるとエンジン音が高くなった。前照灯の光の輪のなかに、種々雑多な灌木が蜿蜒と浮きあがってつづき、後方の闇に吸いこまれていった。

運転席から、また訛りのつよい声がして、祥司は現実にひき戻された。

「このぶんじゃぁ、ひと雨、ありそうやんな」

運転手は前方の闇を上目づかいに窺っていた。すこしつよくなった風が渓谷に梅雨の雨雲を呼びこんだのかもしれない。バスは山間の闇をたくみに走り抜け、いくつかの停留所を素通りして合掌集落の停留所に着いた。初夏だというのに、底冷えのする寒気が這いあがってきて祥司を身慄いさせた。

ふたりを降ろしたバスはみるまに遠ざかっていった。小さくなっていく赤い尾灯を祥司と玉城は無言でながめた。

「それ、持とうか」

祥司はバッテリと脚立に眼を向けた。だが玉城のいつもの快活な声はかえってこなかった。玉城は足もとに置いたカメラ・ボックスのベルトを右肩に担ぎあげると、つぎにリュックサックを左肩に半掛けにした。両腕にバッテリと脚立までも抱えこむ相棒の姿は異様だった。表情をかえないかれの横顔を祥司はあらためて見透かすようにながめた。中空に浮いた月の仄明かりが頬の削げた玉城の顔の輪郭を浮き立たせていた。すこし突きでた頬骨や鰓の張った顎が、意志のつよさを滲ませている。

玉城は両肩をそびやかすと、ぐいぐいと歩きはじめた。祥司は私物を入れたバックを肩にひとつ掛けただけの軽装で、あとをつかず離れず歩いた。頑丈なかれの肩胛骨の内側に、ボックスのベルトが容赦なく食いこむのが夜目にもわかった。自分を傷めつけて苛立つ自尊心のつよさは、傭われ助手だったころとかわっていないようだ。ときどき肩をゆすりあげて黙々と歩きつづける玉城の背中をながめ、祥司は暗い気持ちになった。

簡易舗装をした道は下り坂になり、しばらく歩くと平地になった。やがて、闇のなかのあちこちに、尖った茅葺き屋根が姿をみせた。どの家も鎮まりかえって、障子越しにひっそりと灯りが闇に放たれていた。

暗がりにひとの気配がした。拍子木の堅い音が辺りに響き、数人の男たちが姿をみせた。かれらは合掌造りの家のまえで脚をとめ、声をそろえて、火の用心、と言って呼びかけた。隣家の戸口のまえに移ると、そこでもまた律儀に整列して、おなじ掛け声を斉唱した。男たちは、集落の巨大な建造物に声を反響させながら、闇のなかへ遠ざかっていった。いちど火をだせば、茅と木と和紙で造られた建物はひとたまりもないのだろう。これまでも大きな火事があるたびに、何十棟もの茅が燃えさかって乱舞し、ひとつの集落が跡形もなく焼けつくされている。灰燼となったすさまじい光景は語り継がれて、いまも村びとを緊張させた。

祥司が予約した宿は、合掌造りではなく、トタン屋根の二階屋だった。塗りかさねた青いペンキが月光に照らされて浮きあがっていた。玉城は期待がはずれたらしく、横顔に失望の色を露骨に浮かべた。

格子のガラス戸をひくと、男たちの眼がいっせいにこちらを向いた。長靴や地下足袋を履いたまま、男たちは土間で車座になって、火の気のないストーブをかこんでいた。朽ちた木製のテーブルのうえには、白い液体を入れた一升瓶が立ち、不揃いな湯飲み茶碗やコップが乱雑に散らかって置かれていた。仲間のひとりが、来訪者の姿をながめて、お客さんかな、と親しみのこもった声をだした。男は祥司の返事を待たず、上がり框の奥へ向かって、おーい、お客だぞぅ、と声を張りあげた。その声は板張りの廊下に反響して、奥へすべるように吸いこまれた。ふたりは立ったまま宿のあるじを待った。男たちはなにごともなかったように、また手酌をはじめ、声高に喋りはじめた。聴くともなく聴いていると、あそこの嫁はべっぴんさんだの、あの娘は駆け落ちをして戻っては来ないだろう、といった他愛のない話がおおかったが、噂話にまじって、世界遺産になってから見世物になってしもうたな、という愚痴が祥司の耳に余韻を遺した。

横で動く気配がした。ボックスを土間におろした玉城が、ひとの眼を気にするふうもなく屈伸運動をはじめた。そのとき、おかみと思われる肥り気味の女が、上がり框にあらわれた。五十はすぎているだろうか、どっしりとして貫禄があった。

「予約した者ですが……」

祥司のことばを気にしたのか、さきほどの男が手にもったコップをそのまままつきだして、客はほれ、一組だけなんよ、と土間へ視線を落とした。上がり框には踵の高い女物の黒い革靴と茶革の紳士靴が、靴先をこちらに向けてそろえてあった。男たちの卑猥な声が土間に弾け、車座が沸いた。

「ちょっと、ええかげんにせんと、だちかんでぇ」

おかみは男たちをたしなめた。だちかんでぇ、ということばを祥司はバスの乗客からも洩れ聴いた。この山間一帯の方言のようだ。戒める声はきつかったが、おかみの眼もとには笑みが浮いていた。

さきに立って階段をあがるおかみのあとに祥司がつづき、そのうしろに、ふたたびボックスのベルトをたすき掛けにした玉城が従った。機材の重みで踏み板が軋んだ。二階の廊下にそって、左側に部屋が三つならんでいた。右側の腰高の窓は、北面に向いていて、稜線が夜空に蜿蜒と黒く連なってみえた。

案内されたのは、スリッパが廊下に二足ならべて置かれた部屋のつぎの間だった。ふたりは辺りをみまわした。押入れがあるだけの殺風景な八畳の間はかつて祥司と玉城が暮らした印刷会社の寮を思わせた。

無言で突っ立つ客をみて、おかみがとりちがえたらしかった。

「この辺も最近は道が便利になったんでなぁ。こんな山奥なのに、みんな日帰りのお客さんばっかりになってしまって、改築もできしませんのや。食べもんはな、うんとサービスしますよってに、まあ、がまんしておくれ」

彼女はまのわるそうな顔をして、すまんこってすなぁ、と言いわけをした。

「静かでいいところです」祥司はおかみを気遣った。「日帰りとはもったいない。うまい地酒さえあれば贅沢このうえないですよ」

祥司はそう追従を言いながら、中央に置かれた座卓のまえで胡坐をかいた。玉城はボックスからバッテリのケーブルをとりだし、先端をコンセントに差しこんだ。いつもは祥司のする作業だったが、その日は玉城のなすままにした。充電に余念のない玉城の手もとを祥司はぼんやりとながめた。セットがおわると、玉城はレンズをねちねちと磨きはじめた。頑健なからだに似合わず指先は華奢で色白だった。

手を休めようとしない客に、おかみは笑顔を絶やさないで膝をにじり寄せた。

「精がでますねえ。なにを撮しに、おいでたん？」

だが玉城は返事をしなかった。みかねて祥司が口をはさんだ。

「屋根の葺き替え作業なんですよ」

「ほう、あれを？　なにしろ村中総出やからね、たいへんなことやねぇ。あしたは晴れるとええね」

おかみはそう励ますと、お風呂に入っておくれ、そのあいだに食事の支度をしとくでね、と言いおいて、部屋をでていった。

おかみが退いたあとも、玉城は祥司を無視しつづけた。

「俊さん、さきに入れよ」

祥司がすすめると、玉城はそれにはこたえず、眼を剥いた。

「もうちょっと、ましなところはなかったのか」

低い声に棘が感じられた。この日に聴いた玉城のはじめての台詞だった。

たしかに宿というにはほど遠い印象の部屋だった。廊下側の仕切りは障子だったが、南面は腰高のガラス戸に雨戸が閉められていた。床の間はなく、衣紋掛けのそばに置かれた乱れ籠のなかに、折りたたまれた洗い晒しの浴衣にタオルが添えてあった。ネットでヒットした合掌集落の宿はここ一軒しかなく、あとは民宿だった。祥司は現地へ着いて気づいたのだが、その民宿が玉城の望んだ合掌造りだった。だが祥司を困惑させたことは、ほかにもあった。ながい道中、玉城はひとことも口をきこうとしなかった。なぜなのか、見当がつかなかった。こんなことは、これまでの取材旅行でいちどもないことだった。

結局、宿の風呂には玉城がさきに入浴した。

祥司が浴衣姿で戻ったときは食膳がととのえられ、玉城が退屈そうに待っていた。ふたりは膳をはさんで向きあい、とりあえずビールで乾杯した。おかみの自慢顔が眼に浮かぶようだった。大振りの膳からはみだした酒の肴が畳のうえにまで置かれていた。ふたりはビールのあと手酌をはじめた。

玉城はいつも好んで呑む舶来のウイスキーが山奥の宿にもあったことで機嫌がすこしよくなった。祥司は一升瓶から湯飲み茶碗に白い液体をそそぐと、舐めるように舌のうえでころがした。のどに流しこんだ濁り酒は胃のなかで燃えるように灼けついた。向かいの玉城をながめると、氷の音をたてて何杯目かのロックをつくり、俯きかげんに料理をつついていた。いつもはテレビ局の連中をやり玉にあげて気炎をあげる玉城だったが、この夜はだまって呑みつづけた。

酒席はなにごともなくおわるかと思われた。

「おい、野崎」

怒声が静寂を切り裂いた。こらえていたものが耐えきれなくなって破裂した、という感じの荒々しい声だった。呑みっぷりがいつもとはちがっていた。

玉城は手にもったコップを卓上に叩きつけるように音をたてて置くと、祥司に眼を据えた。ボトルは三分の二ほどが呑みほされ、膳の品はあらかたなくなっていた。

「どうした?」

怪訝な顔をする祥司に、玉城は唇を薄くした。

「おまえさんは、やさしいやつだよ。バスを降りたら、バッテリを持ってやろうとか、さきに風呂に入れ、とかさ。そういうのを、小さな親切、大きなお世話っていうのだ」

呂律がもつれ、玉城の上体がぐらりと揺らいだ。

「小さな親切か。そうだな、余計な節介だったかもしれん。だがな、照明機材を持ち運ぶのはいつものことだし、風呂も、重い機材を背負って疲れただろうと、ただそう思っただけのことさ」

祥司はすこし胡散くさげに相手をながめた。だが玉城にはまるで通じていなかった。浴衣の大きくあいた胸もとが紅色に染まっていた。玉城は口もとを歪め、小さな親切、大きなお世話、と呪文のようにくりかえすと、揶揄いあげるように祥司をみつめた。

「あの部屋におまえが参入してきたとき、ひと眼みて、なんて小賢しそうなガキだ、って思ったぜ」

　玉城が寮の一室を思い描いているらしいのがわかって、祥司のなかにほっとする気持ちがうまれた。

「小賢しそうだったか。そうだったかもしれんな」

「夜学生のたかがキャメラ助手のおれに、むずかしい映画理論を吹きこんだのも上から目線ってわけだ」

　カメラをわざとキャメラと発音する玉城から虚勢が透けてみえた。祥司はすこし哀しくなった。

「いまは映像の世界では押しも押されもしない、御大じゃないか。ぼくの売れない台本が活かされたのも、俊さんのカメラ・ワークがあってこそだ。もう肚をたてんでくれ。若造の未熟な映画理論も、多少は役にたったと思ってさ」

「えらい恩に着せてくれるじゃないか。ガキの映画理論が役立った、だと？　思い違いをするんじゃねぇよ。あのころのおれは、フォトだ。広告写真の、フォトグラフィーだ。もとをただせば、あんたの伯父に傭われた下っ端職人だからな。その甥御さまが、いまは畏れ多くもディレクターさまってわけだ」

玉城は底意地のわるい眼で祥司の顔をながめた。これまでにない酔いかただった。朱色だった胸がすこしずつ蒼白になってきた。

「もう、よせ。きょうはどうかしている。呑みすぎだ」

「ほら、ほら……、いつも自分だけが正しいと思ってやがる」

祥司の眉間を指差し、なおも執拗に玉城は絡もうとした。

「謝る、謝るよ」

祥司はその場を収めようとして、たちのわるい酔客をなだめるように他愛なくわらった。

「野崎、わらってすむことかよ。胸に手をあてて、よう考えてみい。おれがおまえを傷つけたことがあるかよ。おまえは、おれに恨みがあるにちがいない。そう思えてならんのだ」

玉城は捨て鉢になっているようだ。

ながいあいだ玉城に恨まれていたなどと祥司には信じがたいことだった。撮影がおわるたびに酒を酌みかわし、寮生活のことを話題にもしたし、祥司が忘れていた些細なことまで玉城は記憶をたどって愉しそうに話したではないか。

ふたりの話はどこかですれちがっていた。噛みあわない意味不明のやりとりが堂々めぐりをはじめそうな気配になった。だが酔ったとはいえ、玉城の言語は明瞭だったし、真に迫ってくるものがあった。ほんとうに酔っているのだろうか、と祥司に猜疑心がよぎった。酔狂ぶりは尋常とは思えなかったが、ただの暴言だけではかたづけられないものが感じられた。

「恨みがあるなどと……。そんなわけあるはずもないじゃないか」

「ひとにはなぁ……」玉城の口調がやわらいだ。「面と向かって言えんことだってあるんだぜ。な、そう思うだろ？　思うよな」

しつこい言いかたに、こんどは祥司が眉間を寄せた。

「な、わかるように話してくれ。俊さんの言いたいことは、なんでも聴くよ」

祥司は眼で謎を解こうとした。凛々しく思える旧友の容貌も、外面とは裏腹にいまは醜悪でしかなかった。なんといじけた酔っぱらいだ、と肚の底で嘲ることで、祥司は弾けそうな憤りをかろうじて抑えこんだ。

それが玉城の怒りの炎をあおる結果を招いたようだ。

「このくそ野郎、胸に手をあてろ」玉城の酔眼の奥に冷やかな色が浮かんだ。「てめぇはな、卑怯だ。卑怯者だ」

「ちょっと呑みすぎただけだ。な、俊さん、もう寝ろ」

忍の一字を飲みこんで祥司が諭すように話しかけると、玉城はふっつりとだまりこんだ。だが妖しげな眼の光は消えなかった。

玉城はしばらく窺うように祥司の顔をながめていたが、ふいに膝をかかえると、揺らぐようにからだを畳のうえに投げだした。

しらけた酒席が祥司を孤独にした。が、手酌をつづけるうちにすこしずつ平常心が戻ってきた。高慢とも思える相棒の寝相をながめていて、枯れた葦の原が夕景のなかによみがえった。その記憶のさきの忘年会に繋がる秘めごとは、自分だけが知っている、という奇妙な優越感が、この夜、祥司のなかに芽ばえたような気がした。

雨戸をあけると闇のなかに雨の気配が静かにたちこめていた。撮影の手順を脈絡もなく考えながら、祥司は弱々しく戸を戻した。

玉城が瞼を一瞬あけた。が、なにか気ぃ障ったかい、と呟くと、また眼をつむった。

ふいに階下からどっと沸く声が聴こえた。客が多いとは思えないこの宿の収支は、馴染みの男たちの呑む濁り酒でなりたっているのだろう。拍手の音がして声はすぐ鎮まった。やがて抑揚のきいた男の謡う声が、階段を這いあがって二階の廊下にも朗々と響いた。民謡には哀愁があった。

毎日の生活を物見遊山の客に覗き見される村びとの気持ちを想像し、つかのま祥司は物思いにふけった。あすは何十年にいちどという村びと総出のおおがかりな作業がかれらを待っている。葺き替えたとき厚さが一メートルほどもあった黄金色の屋根は、風雪にさらされると、表面に緑色の苔が張りつき、内側が腐って厚みが半分ほどになる。囲炉裏で焚く煙で屋根裏を燻すのだが、延命効果も半世紀が限度だ。朽ち果てた茅を剥ぎとり、新しく葺き替えるその作業さえもが、観光の見世物になろうとしていた。

男たちの宴はいつ果てるともわからずつづいた。その哀しみが男たちの声にこもっているように思えた。歌い継がれた民謡を映像の背景に流そうという着想が、このとき祥司にうまれた。単なる観光ルポルタージュとはちがう哀感をつたえることができるかもしれない、そんな想いが確信にかわった。

宿の朝は眼の醒めるのがはやかった。

雨戸をあけると夜半の雨も収まり、かすかな風に小糠雨が揺らいで辺りを白くつつんでいた。撮影はむりかもしれない、と祥司が気を重くしたとき、眩しさに眼を細めて玉城も起きあがった。焦点のさだまらない顔に酒席の痕跡はなかった。

ふたりは窓ぎわで肩をならべ、靄のかかった白い山麓をながめた。

「おかみの言うことも、あてにならんなぁ。まだ降りつづいてるぜ。なんだか、しつこそうな雨だ」

繰り言とは裏腹に玉城の声にこだわりはなかった。

「おかみは、晴れるといい、と言っただけで、雨があがるとは言ってないよ」

祥司は些細なことに絡みたくなった。夕べのこだわりがあったのかもしれない。

玉城は屈託のない顔で朝食をのこさず平らげると、バッテリの充電量をたしかめてケーブルをコンセントから抜き、撮影の身支度をはじめた。ロケの見通しがたたないときでも重装備をする律儀な性格だった。好きなようにしたらいいさ、と祥司は傍観者を決めこんだ。

ふたりだけのロケ隊は、宿で借りた白いビニール傘をさして、小糠雨のなかへ踏みだした。

農道をすすむと、茅葺き屋根がふえてきた。巨大な屋根は雨水を吸いこんで重くたわんでみえた。玉城は合掌造りの家のまえで脚をとめると、角度をかえて丹念にながめ、つぎの家のまえに移った。その眼は撮影者になりきっていた。

「どれが葺き替える家なんだ」

玉城の声が苛立った。撮影の対象を決めるのは祥司の仕事だった。手抜きを悟られまいとして、祥司はさりげなく辺りをながめた。前方の奥まった家の庭に楠の大樹がそびえているのがみえた。祥司が指差すと、玉城は駆け足になって、みるまに遠ざかっていった。

楠の立つ家には三層の屋根に足場が組んであった。が、ひとの気配はなかった。

「やっぱり、きょうは、やらないみたいだな」

玉城は声を落とし、傘の下から未練がましく被写体をみあげた。アルミニウムのレールが地表から屋根の天辺に向かって延びていた。茅を剥いで地上に降ろし、新しい茅を運びあげるための装置だろう。玉城は地面に置いたカメラ・ボックスに腰をおろし、しばらく辺りを窺っていたが、ふいに腰をあげた。

機材を背負った玉城の姿が向かいの合掌造りの家の入口に立った。戸があいて、愕く女の顔が覗いた。ふたりは話しこんでいたようだったが、やがて玉城の姿は家のなかに消えた。まもなく四層の最上階の窓があいた。あるじらしい年配の男と玉城の顔がみえた。足場のあるこちらの茅葺き屋根を指差す玉城に、男はしきりに頷いている。作業現場を俯瞰で撮るつもりなのだ。着想がいい。本来ならそれは祥司が指示する領域だったが、ディレクターの領域を侵すのもカメラマンの才能だ。撮影の了解がとれたのか、戻ってきた玉城の顔には精気があった。機材は家主に預けてきたらしく身軽になっていた。

しばらく歩くと、村里を縦貫する幹線道路にでた。バスが軒下すれすれに向きあえるほどの幅しかなく、早朝の広場にもひとの姿はなかった。が、地域ぐるみ世界の文化遺産として登録されてから、この小さな村が脚光をあびるのに時間はかからなかった。季節ごとにテレビや新聞が話題にし、観光バスが続々と押しかけるようになった。遠来のバスが到着して広場に車体をならべるころには、一帯は観光客の坩堝になるはずだ。

村のはずれにでたとき、玉城が山へ登りたいと言いだした。前方の山麓を指差すかれに、祥司はすぐに決断をしなかった。

「いや撮るかどうかはわからんけどな」玉城はかさねて言った。「ロケハンをして集落の全貌を把握しておきたいのだ」

「撮るかどうかは、こちらで判断するよ」

祥司は濡れたけもの道に視線を向けながら、不機嫌な声で言った。

「すまなかった。おれの越権行為だった」

玉城は潔く謝った。決断を曖昧にした自分の狭さが、祥司は厭になった。たぶん夕べのわだかまりがそうさせたのだ。ひとつのことにこだわって調和が崩れると、ドミノ倒しになるのが祥司の弱点だった。

来た道をひきかえそうとする玉城の背中を、祥司が呼びとめた。

「稜線からの俯瞰も、いいかもしれない。それをプロローグにしよう」

祥司はディレクターの面目を回復した。

共同戦線が成立し、ロケ隊はけもの道に踏みこんだ。山麓の泥道は途中から急勾配に迫りあがり、鋭く尖った小岩が靴底を突きあげた。つよい風がときおり傘のなかに雨脚を巻きこみ、白いビニール傘が右や左に揺れた。そのたびに雫が襟足から首筋を流れて胸に落ちた。ふたりは並んだり、縦列になってバランスをとったりしながら、小径を登りつづけた。

さきをいく玉城が棒立ちになった。かれの視線を追って、祥司は息をのんだ。岩の原型を遺す黒ずんだ墓石が数知れず拡がっていた。大きさも、形も、ひとつとしておなじものはなかった。どれにも苔がびっしりと張りついていた。霊気にひき寄せられるように、祥司は傘をすぼめて、そのひとつに顔を近づけた。が、文字は読めなかった。風化したのではなく墓碑銘は刻まれていなかった。いま麓に住む村びとの祖先ではなく、それ以前の、たぶん名もない土着のひとが葬られているのだろう。遺された生者たちは、おそらく原石の形状で埋葬者が明確にわかっていたにちがいない。生と性と死、それが人生のすべてだと喝破した外国の作家のことばを、黒ずんだ墓石の群れが象徴しているように思えた。祥司は雨に濡れながら、無名のひとたちの墓碑に向かって両掌をあわせた。そして白い傘をふたたび拡げた。雨水を吸いこんだジャケットがずっしりと重く、足もとからもつよい湿気が這いあがってきた。

やがて、けもの道はとだえた。このさき、どうする？　と、祥司が眼で問いかけると、すまんな、とだけ玉城は控えめにこたえた。登りたいという相棒の意志に、祥司はすなおに応じた。ふたりはふたたび進軍を開始した。

灌木の群生を押しわけ、爪先を岩石にとられながら、祥司たちは遅々として斜面を登った。ときおり立ちどまり、辺りをみまわしたが、白い靄が視野をさえぎって眺望はのぞめなかった。風の音だけが耳もとで不気味に鳴った。登るにつれて、凍てついた地表が厚みをまし、傾斜がすこしずつ緩くなった。視線をあげると、前方の斜面が登りつめた感じになって稜線がまっすぐに延び、その端がまた迫りあがって長大な山脈を現出させていた。凍えた水はこの嶺で分けられて、日本海と太平洋へ落ちていくのだろう。

ふたりはほどなく嶺のひとつにたどり着いた。さまざまな形の岩の群れが屹立し、影絵のように凍てついた地面をなぞっていた。空気に頬を刺す冷たさがあって、靄が薄くなった。玉城は滑らかな岩のひとつを択んで腰をおろした。祥司はためらう気持ちがあって、向きあう位置の岩を択んだ。辺りは物音ひとつなく、山全体が静止していた。高い山脈に囲まれた空間を白い雲海がゆるやかに移動し、幾筋も射しこむ光の束が雲の形状を浮きたたせていた。

雲がとぎれると、眼下に集落が沈んでみえた。南北一・五キロ、東西五百メートルの盆地に、巨大な屋根を茅で葺いた百余棟の民家があり、そこに六百人をこえる村びとが生活していた。戦いに敗れた平家一族の落人によって切り拓かれたといわれるこの里は、千年近くも山間の底にひっそりと沈んで孤立していたのだ。かれらは一族こぞって、山野を拓き、畠を焼き、蚕を育てて、過酷な試練に耐えて生きのびた。相続人のほかは生涯、結婚も分家も赦されず、大家族がひとつ屋根の下に寝起きし、働きとおして家を護った。貧しさと近親結婚を避けるための知恵とはいえ、集落には未婚の家族たちを縛りつづけた想像をこえる苦難の歴史があったのを知って、祥司は慄然とした。

祥司と玉城はこの集落にいまスポットをあてようとしていた。

だが、いくつもの尖った屋根は、黒い物体にしかみえなかった。

「わがままを言ったようだ」

玉城は短く言った。かれが朝から陽気に振る舞い、ロケハンに精をだしたのも、酒席の醜態を拭いたかったのかもしれない。

それに気づいて祥司は、両手の親指と人差し指を逆に組みあわせてつくったファインダーのフレームに、周囲の光景を嵌めこんでみせた。

「いや、この光景も棄てたものじゃない。タイトルバックにつかえそうだ」

とりなそうとした祥司を玉城は無視した。祥司の胸の底に、また忸怩たる想いがあたまをもたげた。

「なんでも話してくれていいんだよ」

「話す？　話すことは、そちらにあるんじゃないのか。なんでも、ありのままに言ってくれて、けっこうだ」

「ただ、ちょっと意味のわからんこともあったりしたのでね」

祥司の気遣った声に、一瞬、玉城の眼が動きをとめた。

「おれ、やはり話してしまったらしいな」

「なにしろ、おたがいに酔っていたからなぁ。他愛のない話ばかりさ。十何年もまえのことをね」

「むかしのことだと？」

解せないというふうに眼を宙に据えた玉城をみて、憤慨する原因はどうやら別にあるらしいと祥司は気づいた。あのとき玉城はなにが言いたかったのか、いまの思いつめたような視線のさきになにがあるのか知りたくなった。

「もし仕事が気に入らないのなら、はっきりそう言ってくれればいい」

祥司が一歩踏みこもうとしたとき、玉城は瞼を細くあけて怒りの眼を向けた。

「喋ったことは、むかしのことだけだったか？」

鰓の張った顎を噛みしめ、玉城は険しい視線を投げかえしてきた。

「俊さん、絡むのはもうこの辺でやめないか」

祥司の感情が烈しく反応した。昨夜もそうだったが、対話はまたどこかですれちがった。

ふたりはことばをさがすように沈黙した。

そのとき、すさまじい突風がふたりのあいだを吹き抜けた。祥司は首をよじって辺りをみた。嶺をおおっていた雲の層が厚くなり、遠くにみえていた灰緑色の稜線がかき消すようにみえなくなった。やがて雲の層は上昇気流に烈しく押しあげられて勢いをまし、みるまに巨大な朝顔のかたちに変形した。雲の輪郭ははっきりしていて、そのかたまりのなかにいくつもの小さな雲があつまっていた。そのなかで雨が強まったり弱まったりしているのがわかった。つぎつぎに噴きあげられて上昇する雲は、上空の寒気と衝突して速度をはやめた。予期しない異変に玉城も茫然と天空にみとれた。積乱雲が発生したのだ。いまごろ地表では雷鳴が轟き、合掌集落は集中豪雨をあびせられているにちがいない。撮影は絶望的になった。

玉城が沈黙を破った。言いたいことを言いつくそうという覚悟が、眼に浮かびあがっていた。そんな気持ちにさせたのは、神秘的だった雲海が積乱雲に攪乱された衝撃のせいだったかもしれない。

「おまえは他人の傷みなどまるで意に介さぬやつだ。殴った相手に、殴った自分の痛みを語るような下衆な野郎だ」

「喧嘩を売るような、そういう言いかたはやめてくれ。そちらこそ卑怯じゃないか」

祥司も憤然と言いかえした。

「スタジオには二度と来るな。そのわけは言わなくてもわかってるだろ」玉城は鋭い視線で祥司を射すくめた。「土足でスタジオへ踏みこんで女を略奪した事実を、なぜ男らしく明かさないのだ。おれにとっては、そうしてくれることだけが最後にのこされた救いだったのだ。こんどの取材で、その機会をおれは辛抱づよく待った。だがな、おまえは、道中でも、夕飯のときも、そしらぬ顔をとおした」

うかつにも麻美のことだと気づくのに間があった。祥司はわれにかえって弁解しようとした。だが玉城は冷やかな眼で拒絶した。

「忘年会でふたりを会わせたことを、おれはいまだに悔やんでいる。あの夜の柊の棘は痛かったぜ。おれはな、みみっちい男だ。あいつに不審を感じて、跡をつけるような情けない男だ。あいつを問いつめた。そうしたらどうだ、あいつは婚約していたことさえ、おまえにはつたえていなかった。おまえを責めるのは酷かもしれん。だがな、最近になって、あいつも、おまえも、おれなど眼じゃなかったってこと、よくわかった」

それまでの粘っこい玉城の視線が、いつのまにか諦めたようにやわらいだ。

麻美と玉城との関係は、たえず気にはなっていた。だが婚約していることを告白されたとしても、祥司は麻美と離れることができただろうか。おそらく妻とも別れることのできない、祥司はそんな未練たらしい男なのだ。それを麻美はだれよりも知っていたのだろう。

脳裡に夜の倉庫の空間が浮かびあがった。蛍光灯に淡く照らされた螺旋階段を俯きかげんに登っていく女の姿が映った。靴音だけが鉄板に大きく反響した。スタジオの休憩のとき、椅子にもたれて麻美がみつめていたのは、あの螺旋階段を昇る自分の姿だったのだ。その光景を思い浮かべたとき、祥司は胸を衝かれた。そのさきに玉城の部屋がある。しなやかな麻美のからだに、玉城はどのような痕跡を遺したのだろう。そう想像したとき、寝盗られた男の悔しさが、はじめてわかった気がした。

稜線を包みこんだ暗雲が移動しはじめたとき、雲の群れに射しこむ光は神秘的だった。山脈を越え、平野を覆って拡がる雲の群れから、祥司は眼が離せなかった。

「野崎、おまえは、いつもおれのまえに立ち塞がるやつだ。助手をやっていたおれを絶望の淵に追いこんだのもおまえだ。ささやかな夢を求めて独り立ちしたら、こんどはおまえの下請カメラマンというわけだ。あげくに婚約者を盗られるという、なんとも間抜けな男だよ。もういい、過ぎた話だ。下山しようか」

玉城は話を一方的に打ち切ると、憑き物を落とした少年のように晴々とした顔をした。意外にもあっさり幕をひく旧友に、祥司はふと異質なものを感じた。いや、積乱雲の嵐が去り、光に充ちた神の世界のような静寂が胸をひらかせたせいかもしれない。だが腰をあげるとき、あいつは娼婦だ、サタンだよ、と玉城は呟いた。そのひと言を聴いて、かれは麻美を赦すことはもうないだろう、と祥司は思った。

果てしない雲の群れのなかに白髪の男が運転する黒い高級車がゆっくりと遠ざかっていくのが映った。痩身を深紅の服に包んだ女が助手席で艶やかにわらっていた。その顔はたぶん玉城も知らないだろう。祥司はかれの背中に向かって、麻美という女はどの男にも公平なんだよ、それが彼女のやさしさなのだ、と囁いた。そのことばを胸の底に収めたのは、麻美のためというより、自分の傷口を拡げたくなかったからかもしれない。

ふたりはぬめった岩に爪先をとられながら来た道をひきかえし、中腹まで戻ったとき、どちらからともなく脚をとめた。墓石たちは静寂だった。生と性と死だけで人生を終える時代とは、どんな時代だったのか、かれらに胸のうちを尋ねてみたい気持ちがおきた。祥司もかならず死ぬ。麻美も、玉城も、いずれいなくなる。女と男とのかかわりは、泡沫の夢にすぎない。それでも玉城は告白した麻美を赦そうとはしないのか。

「彼女をサタンだと、なぜ、そう思うのだ」

祥司は玉城の台詞を蒸しかえした。

「クラブでの風評は、ほんとうだった」玉城は即座にことばをかえした。「おまえも風評の片割れだったとはなぁ」

冷めた声を聴いたとき、背筋をまっすぐのばして玉城と向きあった麻美の姿が、脳裡で鮮明になった。


楠のある家の近くまで戻ってきたとき雨はあがっていた。山脈がくっきりと蒼い稜線を浮かびあがらせ、合掌造りの屋根が輪郭をいちだんと鮮明にしていた。祥司と玉城はほとんど同時に、声をたてないで歯を剥きだしてわらった。巨大な茅葺き屋根に男たちが這いあがっていた。ふたりは白いビニール傘を路上に放り投げると、たがいに右腕を高々と挙げ、フラメンコの踊り子のように手のひらを叩きあった。

屋根の天辺と広い斜面に張りつく男の数は、百人をこえていた。剥いだ茅をアルミのトレイに載せ、レールのうえを滑らせて、つぎつぎに地表へ送っていた。地面に積みあげられた茅は、苔むし、黒く腐って、辺りに異臭を放った。祥司は過ぎた半世紀の時間をまのあたりにみる思いがした。屋根は次第に解体されていった。が、丸太と棟木で合掌するようにつくられた躯体は、頑丈にできていてびくともしなかった。村びとたちに遺された、先人からの貴重な遺産だった。

背後で呼ぶ声がした。玉城は仕事の口調に戻って、祥司をディレクターと呼んだ。

「あの窓から大ロング、撮っていいかい」

祥司の返事を待ちきれずに、かれは向かいの家に駆けこんでいった。やがて最上階の窓があいて玉城が姿をみせた。脚立をセットするのが祥司の位置からもはっきりとわかった。脚立を使うのは最初の全景とラストのカットだけだろう。あとは臨場感をだすために手持ちで撮影するはずだ。玉城のクローズアップは迫力に充ちている。屋根に張りつく村びとのひとりひとりの顔に、間近までズームで迫り、男たちの表情を繊細に捉えていく。かれらの鉄錆色の部厚い皮膚に刻まれた一本一本の皺、その映像がしがらみのなかで生きぬいた千年の苦悩を焙りだす。こうして丹念にカットをかさねて、人間の物語を構築するのを得意とする、玉城はそんなカメラマンだ。

撮影の準備がおわったらしく、玉城は地表の祥司に向かって、屋根を剥ぎとる男たちを指差し、親指と人差し指で輪をつくってみせた。この位置から撮ってよいか、と指示を求めているのだ。祥司は即座に両腕を頭上に掲げて、大きく円を描いた。

玉城はファインダーを覗いて、楠のある家の構図を決めようとしていた。葺き替えに使う茅は四百束、トラック二十台分だ。玉城は両脚を踏ん張り、肩を大きく揺すって静止した。全景をカメラに収めたあと、かれは脚立からカメラをはずして手持ちにし、上半身を窓枠から大胆に乗りだした。両腕と肩でカメラを支え、ズームアップ、パーンアップ、パーンダウン、と、あらゆる角度から、自在に被写体に迫った。そのあと望遠レンズに切りかえた。玉城は壮大な葺き替え作業との格闘をつづけた。空間を意のままに切りとり、作業をする村びとの表情を捉え、現場の臨場感をあますところなく掌中に収めていった。

全景を撮りおえて、玉城は撮影の場所を地表に移した。額と首筋からしたたり落ちる汗を拭いもせず、かれはよく動いた。地上に積みあげられた朽ちた茅の塊にレンズを向けた。黒い塊をみつめる眼は、銃をかまえた狙撃手のようだった。しばらくすると、黄金色の茅の束を積んだトラックが遠くにみえた。玉城は雨あがりの地表に腹這いになってトラックが近づくのを待った。泥道を匍匐する戦場のカメラマンさながらだった。

こんどの取材は、葺き替え作業のドキュメントを撮るのに意味があった。あす完成する新しい屋根の撮影は日をあらためて撮ることを祥司がつたえると、玉城は頷き、手際よく撮影の機材をかたづけはじめた。ふたりの息があって撮影は順調におわった。

宿に戻って傘をかえすと、さまがわりに息のあうふたりをながめて、おかみがふしぎそうな顔をした。

帰路のバスの乗客も、祥司と玉城だけだった。ことばで和解をしたわけではなかったが、ふたりはならんで坐った。運転手は寡黙な若い男だった。祥司は遠ざかる合掌集落を眼で追った。空に雲はなく、あの積乱雲の烈しさは跡形もなかった。さきほどまで色鮮やかだった窓外の光景は色褪せて、夕暮れの陽差しが稜線を沈めていった。バスは渓谷を抜け高原にさしかかった。

夕霧がたちこめて、視界はとざされていた。白く曇った窓ガラスに眼をやりながら、祥司は物思いにふけった。異郷の驟雨がこれまでみえなかった三人の関係をはっきりとさせてくれたような気がした。玉城に視線を向けると、あたまを深くさげていた。心身の疲労を思わせる眠りかただった。麻美を娼婦だと罵倒した玉城の胸中に祥司は思いを馳せた。それは麻美にたいして、真剣であったという、なによりの証しでもあるように思えた。あの嶺で最後まで粘って麻美の無実を訴え、どん底に墜ちて苦しむ友人の気持ちを救うべきだったと気づいた。だが祥司はそうせず、カメラマンとしての玉城の仕事を優先した。いまになって、その狡さに忸怩たる思いを噛みしめた。しかし、あのとき話しあったところで和解はできなかっただろうとも思った。クリスマスの夜から半年が経過するあいだ、玉城は憤慨する気持ちをなぜ抑えつづけてきたのか、なにか別の理由があるようにも思え、この一点だけが気がかりな謎になった。女と男の問題は、結局、いきつくところまでいかないと収まらないのかもしれない。

玉城の憎悪を知って麻美の立ち位置がいっそう鮮明になった。

そう考える祥司の思考のなかへ、ふいに麻美の艶のある眼が忍び入った。もしタブーを破って部屋へ立ち寄ったら、麻美はどんな顔をするだろうか。だが、ふたりは草食系の爬虫類に似ていた。低い体温で繋がっているようなストイックな関係の女と男に、その光景は不似合いだった。玉城にサタンと罵られ、断罪されても、それが別世界の出来事に思えるのは、そのせいだろう。人間でいられるだけでもまし、と、たぶん麻美はそう言いそうな気がした。

最終の新幹線に乗り継いであと二時間。あすから麻美との新しい時間が動きだす予感があった。玉城は通路を隔てた窓際に腰をおろし、車窓の闇に眼を凝らしていた。

九

朝一番の着信は麻美かと思ったが、そうではなかった。由岐からのメールだった。祥司の出勤を待っていたように〈合掌集落、ご苦労さまでした。電話ください。由岐〉とあった。画面に向かって祥司は思わず、ありがとう、と小さな声をだした。その文面は、いまの祥司にとって、なによりの救いだった。

祥司の電話に生気あふれる企業戦士の声がかえってきた。

「一献いかがですか。夕方、いつもの店まで、ご足労願えませんか」

「たまには場所、かえようか？」

「先輩、あそこ気に入らないのですか？」

「気に入ってるよ、おおいに気に入ってる。だけど、こんなデッカイ仕事をぼくがもらって一杯やってると、軒を貸して母屋を乗っとられた、なんてね、古兵どもに揶揄されそうでね。ユキちゃんがいじめられるとかわいそうだと思ってさ」

「それはありえますね。そういう輩は、いるいる。あっちにもこっちにも、ウヨウヨいます。いや、ぼくの尊敬する上司もさ、口がわるいからね、その可能性はあります。だけど、親分はリベラル派だから、だいじょうぶですよ。野崎さんの腕、おやじも買ってますからね」

「じゃ、しようがないか。つきあってやるよ」

「はい、はい。つきあってやってください。では、では、いつもの店で」

祥司の冗談を由岐は愉快そうに投げかえした。配慮が胸に沁みた。どんなに忙しいときでも、由岐は自分の用件をあとにまわして、相手に気をつかう若者だった。これまでも自分の考えや人生観のたぐいを口にだしたことはなかった。物事を深刻に考えることがまるでないのではないか、と誤解を受けそうなポーカーフェイスが、祥司は気に入っていた。営業の成績が社内で図抜けて頭角をあらわしているのも、案外こんな日常のセンスのよさに端を発しているのかもしれない。

事務所を遠田にまかせ、夕方を待ちかねて祥司は地下鉄に乗った。若かった日に通勤した轟音にひさしぶりにつつまれた。世界遺産シリーズの祝杯に祥司は年甲斐もなく胸を躍らせた。ラッシュの時間にはまだ間があり、立っている乗客はすくなかった。ドアのガラスに疲れた脚本家の顔が映っていた。古巣を去って何年になるだろう、と、フリーランスの歳月をふりかえった。由岐とのひさしぶりの晩餐はリラックスできそうだった。

居酒屋の暖簾をくぐり、格子戸をあけると、上がり框がそのまま百畳敷きの座敷になっていた。紫檀の座卓が整然とならんでいるのも、当時とおなじだった。時間がはやいせいか、まだ由岐の姿はなかった。祥司は入口に近い座卓を択んで坐った。祥司に気づいて、声をかけるかつての同僚や後輩たちはいまも多かった。愉しげに座敷を往き来する男たちに祥司は過ぎた日の自分をかさねた。

給料取りの暮らしにとりたてて異存があったわけではなかった。天職とさえ自負して打ちこんだ職場ではあったが、ある日、会社勤めの戦列からあっさりと離脱したくなった。人生の理想など霧のようにとつぜん消えてなくなるものであるのを、このとき祥司は思い知った。上司は怪訝な顔をして、上目づかいに部下をながめ、気ぃ狂ったか、と厭味をひとことあびせた。眼をかけてくれていた上司だったから、そのぶん失望もつよかったのだろう。が、辞めると知ったら、あれほど冷やかになれるものかと、その感触はながく祥司から消えなかった。だが映像作家として筆一本で立とうとした理想とは裏腹に、祥司はいまも古巣の人脈に扶けられて帳尻をあわせていた。由岐もその人脈のひとりだった。

手酌で呑みながら祥司は由岐を待った。これまで遅れたことのない由岐が、その夜は三十分をすぎてもあらわれなかった。さらに十分ほどがすぎて、やっと姿をみせた。

「遅くなってすみません」由岐は鄭重にあたまをさげた。「こちらからお誘いしながら、申しわけなかったです。ちょっと話しこんでいたものですから……」

律儀に言いわけをする口もとからかすかに酒の醗酵した匂いがした。落ちつきのない相手をながめて厭な予感がした。あらたに熱燗を注文しながら、祥司の眼は由岐と呑んでいた相手を詮索した。確信があったわけではないが、なんとなく自分と関係のある人物ではないかと思えた。

「おまえさんにもハプニングがおきるんだな。相手はよほどの大物らしい」

「世界遺産のプレゼン、ありがとうございました。おかげさまで大金星をあげることができました」

由岐は返事をはぐらかした。

「よせよ、ユキちゃんらしくもない。こちらこそ礼を言うよ」

祥司は仲居が卓上に置いたばかりの銚子を持ちあげて、相手の盃を満たした。由岐はしばらく考えこんでいるふうだったが、盃には口をつけないでそのまま卓上に戻すと、あらためて正座の姿勢になった。

「ぼくの力不足でした。謝ります」

「いきなり、どうした?」

「こんどの合掌集落を花道にしてもらえと、上からのお達しです」

低いがはっきりとした声だった。

「花道だと?」祥司はわらった。「おい、まさか、馘首? そんなんじゃないよな」

「冗談で言えることではありません。ぼくにとって野崎さんは特別な存在です。外部のクリエーターで取引先へ同道してもらっているのは先輩だけですからね」

「わけをきかせてくれ」

「そろそろ潮時だ、と言うやつがいるらしいのです」由岐はやりきれないといった表情になった。「こまったときには先生あつかいをしておきながら……。ところが妙なことに、情報の出所がわからないのです。頰被りを決めこむ上の無責任さは、悪質きわまりない」

敵も味方も判然としないなかで仕事をしているかれらが、厄介な問題を筋道だてて解決しようとしないのは頷けた。かれらにとってトカゲの尻尾切りは安易な解決策なのだ。かつての古巣という事情もあったが、口約束だけで仕事を受けるのが慣例だったから、結果がでてみれば、そんなことかと自嘲する気持ちがおきた。実績も顧みられない立場の弱さを、祥司はあらためて噛みしめた。それにしても、契約書もなく、理由もあかされず、ただ尻尾を切られる身には耐えがたいものがあった。

「じゃ、いま進行中の仕事、未完の作品はどうするんだい」

前触れもなく報された事態に、祥司の思考は収拾がつかなかった。

「責任はぼくがとります」由岐は勘違いをしたようだ。「むろん、ギャラは払います。だれがなんと言おうと、そうさせます」

言いにくいことをつたえたせいか、由岐の眼にすこし耀きが戻った。

「ギャラはありがたいが、いまの仕事もとりあげてしまうのかい」祥司の視線が宙に浮いた。「ときには、ただでもやりたい仕事だってある」

祥司のロマンチシズムはいまも健在だった。諦めながらも由岐との繋がりに祥司は一縷の望みをのこしていた。

「あ、そういうことですか」由岐は顔を赧らめた。「烏合の衆の羞ずかしいところなんです。著名なジャーナリストがうちの会社を材料にして、アメーバの集団だと書いてます」

「アメーバ？」

尋ねる祥司に、由岐が頷いた。

「はい。くっついたり、離れたりして成長していく、あのアメーバ。うちの会社はまさにあの集団だというのですよ。規律も統制もない群衆、システムなきシステムだそうです。じつに言いえて妙だと思いませんか、先輩。個人では優秀なやつが多いと思うけど、組織はあってなきがごとしですからね」

責任の所在が不明な理由をなおも弁解しようとする由岐をみて、祥司は自分の進退問題が戦友を追いつめていることに気づいた。そそがれる酒を盃に受けながら、祥司は由岐と訣別する時期がきたのを悟った。

隣の席から笑い声がした。眼を向けると、由岐とおなじバッジをつけた男たちが、いかにも愉しげにわらっていた。祥司は由岐に視線を戻した。

「わかった。ユキちゃんには迷惑をかけた。潔く首を差しだすよ」

由岐が祥司の眼を覗きこんだ。

「ぼくも同罪です。共同正犯です。辞めなきゃ筋がとおらんと思ってます」

「冗談はよしてくれ。ぼくの問題だよ」

とりあわない祥司に、由岐は真剣な眼差しを向けた。

「マジですよ。ぼくは途中入社組の、高卒の下積みです」

「学歴など関係ないよ」

祥司は由岐の顔を正面からみつめた。

「先輩もごぞんじのように、かつては手当たり次第に人集めをしたヤクザな会社でしたよね、うちは」由岐は卑下した。「だから、ぼくのような者でも入社できた。ところがでっかくなったいまは高学歴オンリーの、官僚みたいな会社になっちまいました」

かつて上司から投げつけられた、気ぃ狂ったか、という声が、祥司の脳裡にふいに浮かんで消えた。

「どんな輩がいようと、実力主義の会社にはちがいないんだから、辞めるなんて、ごちゃごちゃ考えないほうがいい。高給取りなんだし……、安泰でいい会社だよ」

「そう言ってもらえると、気持ちが楽になります」

由岐の顔に笑みが浮かんだ。だが、こんどは祥司が、向けられた銚子に盃を差しださなかった。古巣の企業はいまや象だ、はぐれた蟻一匹がいまになって象に媚びるなんて醜悪だ。そう気づいたとき、祥司は抑えようのない苛立ちにおそわれた。

由岐は思案げに天井を仰いだ。が、意を決したように、祥司のこわばった視線に正面から向きあった。

「先輩、経理はきちんとやっておられますか」呵責のないことばだった。「言わないですませようと思ったのですが……、じつは国税の調査官と名乗る役人が、経理局のお偉いさんのところへ押しかけたようです」

　当局はいつのまにか祥司の取引先を調べていたのだ。由岐はそれを社内の人事のせいにして疵つけまいと気遣ったのだろう。だまりこんだ祥司の胸中を察したのか、由岐は言葉遣いをわざと乱暴にした。

「たかが金庫番が、赦せんですよ」由岐は祥司をかばった。「形式に凝りかたまったやつらには、退社した先輩がクリエーティブ局で先生あつかいされるのがかねてから目障りだった。個人や下請けは子会社をとおせ、と、これまでも強硬だったんです。そこへ悪代官が乗りこんできたものだから、それに便乗して、ここぞとばかりに、一刀両断の挙にでたのです」

「すまなかったな。恥の上塗りをしたようだ」祥司はあっさりと謝った。「じつは調査を受けている。いまは弁解の赦される段階ではないので説明はしないけど、根も葉もないことで責められている。でも身の潔白はかならず証明してみせるからな」

「まだ白黒もついてない段階だというのに……」由岐は乾いた声をだした。「理屈はどうあれ、クリエーティブ局はこういう問題には弱いのです」

古巣は風評に気をつかう情報企業でもあった。いずれ祥司への発注はすべてとめられるにちがいない。世界遺産のキャンペーンはせめてものお情けだったのだろう。糧道が完全に断たれることを覚悟したとき、水原の顔が浮かんだ。公務員にそこまでの権力があたえられていると思うと、言いしれぬ恐怖を感じないではおれなかった。指示をだした黒幕は古杉だろう。それにしてもこの強攻ぶりはただごとではない。当局をここまで駆りたてた裏の真相がきっとあるはずだ。これまで漠然といだいていた疑いが、反面調査を受けて確信にかわった。それを突きとめてやろう、という怒りが祥司の胸の底で渦巻いた。

隣席が沸いた。男たちが酔いしれていた。由岐が銚子を持ちあげて、先輩、と言った。こんどは祥司もそそがれるままに盃をほした。酒精がいっきに血管に侵入していくのがわかった。酒がつよいとはいえない由岐も、この夜は酔いにまかせて、無言で酌みかわしつづけた。盃を呷るたびにふたりは失語症のようにだまりこくった。

いつ独りになったのか、記憶がとだえた。酔いは深かったが、祥司はしっかりとした足どりで、地下鉄の終車に乗りこみ、終着駅で降りた。構内をでると空気が冷えていた。いつもは歩いて五、六分で着く距離なのに、その夜は、歩いても、歩いても、家にたどり着けなかった。どれくらい歩いただろうか、二階の手前の部屋に、明かりが灯っていた。詩穂の部屋だった。また点けたままで眠ってしまったにちがいない。父が消してやるからな、と胸のうちで呟き、祥司はまた歩きだした。

玄関にたどり着き、上がり框に腰をおろした。が、靴がうまく脱げなかった。おーい、と言って呼ぼうとしたが、失語症から脱けだせなかった。いくら考えても、妻の名が思いだせず、祥司はそのまま板敷きのフロアに仰向けに倒れて眼をつむった。

十

さきのみえない日がつづいて、気持ちが深い隘路に落ちこんでいくようだった。支援団体には未来を拓く道があると信じたかったが、いま祥司が直面しているのは悠長な未来などではなかった。現実との隔たりは縮めがたく、埋めがたかった。かれらに救済を求めたことは論理的にはまちがってはいなかったが、切迫した課題が目前にあった。だが世事にうとい台本書きに解決の手がかりなど見当さえつかなかった。

このとき、国税庁へ請願してみてはどうだろう、と思いついたのは、官公署ならどこでも簡単に請願ができる、と言った島塚のことばが閃いて、〈国政調査権〉がヒントになった。国会議員の紹介状があれば国税庁の幹部に面会できるかもしれない、と気づいたとき胸が躍った。学友の清瀬誠治はいちど名刺を交わしただけの間柄だったが、いまは国会議員のはずだ。その着想が祥司に愁眉をひらかせた。

会社勤めの時代に受けとった名刺の量は意外に嵩張った。黄ばんだ名刺の群れにマス・メディアの入りくんだ人間関係をみる思いがした。一枚一枚とりだしていくと、かれの名刺は箱の底に埋もれていた。大学は別だったが、中学、高校はおなじ学校で学んだ級友だ。記憶が鮮明になった。清瀬が衆議院議員に立候補をするといって訪ねてきたとき、祥司は政治絡みのつきあいを嫌い、友人を遠ざけようとした。

「水くさいことを言うな」清瀬は粘った。「おまえの会社は政治家の選挙の演出までしているというじゃないか。いまの部署は政治には無縁かもしれんが、営業部門の幹部には政界や経済界との強力なパイプ役の人物がいるはずだ。幹部の紹介ぐらいはできるだろう」

執拗な学友を祥司は冷たくあしらった。黄ばんだ名刺はそのときのものだ。肩書きは政界で名を知られた大臣の政策秘書となっていた。旧友の頼みを拒んだ前科を顧みれば、祥司の発想は常軌を逸しているかもしれない。だが、進退はきわまっていた。もうなりふりなどかまっていられなかった。

祥司は名刺を絵里にみせた。

「また、わたしをまきこむつもりなの」絵里の眼に狂気に似た光が浮かんだ。「ああ、厭だ。もう、なにもかも忘れたい」

「この男は、親しかった学友なんだ。な、名刺をみるぐらいはいいだろう」

絵里の眼がふと記憶をたぐり寄せるように動いた。

「このなまえ、テレビの中継で代表質問をしていたひとに似ている。でも別人だよね。秘書となっているもの」

「これはむかしの名刺だからね。絵里の記憶にあるその男が、たぶん清瀬だ。いまは保守党の若手を代表する論客だ。かれに相談をしてみようと思う」

「じゃ、なおさらよ。そんな有名人に会うのは、よしたほうがいい。映画づくりにしか興味のないあなたなんか、とっくのむかしに、忘れられてるよ」

棘のある声で絵里は一蹴した。

「いままでの努力を水に流せと言うのか」

「失った仕事をとり戻すのが、さきでしょ」絵里の眼が蔑んだ。「このさき、どうする気なのよ」

「身の潔白を証さないかぎり、だれも相手にはしてくれないよ。請願をする権利をつかわない手はない」

「どこへ請願しようっていうの」

「頂上作戦がいい。幹部に会って現状を告発したい」

「頂上？　え、国税庁？」絵里の声が冷めた。「ついに血迷ったんだ。これまでの国から受けた仕打ち……、まさか忘れちゃったわけじゃないよね。かれらが国民の公僕だなんて、真っ赤な嘘だよ」

「そのとおりだ。しがらみの多い出先の役所では、もう公正な調査は期待できない。

だから国政調査権を拝借したいのだ。議員の紹介状が必要なんだ」

「もう、いい。わたしは詩穂のことだけを考えたいだけよ。勝手にやってよ」

「うん、迷惑はかけない。やりたいようにやらせてくれ」

「懲りないんだな、どこまでいっても。あんたは貘よ。ふん、大バカの貘よ」

絵里の顔から知性が消えていた。

だが祥司にも葛藤がないわけではなかった。いまの時代に直訴など、たしかに滑稽かもしれない。江戸時代にむしろ旗を立てた農民とかわりがないではないか。銭など、欲しければ国にくれてやってもいい、そんな投げやりな気持ちもあった。祥司はひそかに廃業さえ視野に入れていた。けれども支援団体のメンバーは、当局に機会があるごとに抗議をして、いまも根気よく祥司を支援していた。掟を破る役人にくらべて、法を守るのを義務だと考えている律儀なひとたちの、なんと多いことか。国税庁への直談判が、たとえ妻から正気を疑われても、かかわりをもったひとたちのために自分に課された義務だと祥司は考えをあらためた。

祥司はインターネットをつかって清瀬の所在をさがした。個人情報の壁もあって時間がかかったが、最後に議員宿舎にたどり着いた。夜の遅いのがさいわいして清瀬は帰宅していた。

「いやぁ、なつかしい」

電話の声はむかしの清瀬とかわっていなかった。

「とつぜん電話をしてすまないね」

用件が負いめになって回顧談で時間をついやし、なかなか本題に入れなかった。

「ところで、なにか用だったのか」

気遣う声に促されて、祥司はこれまでのいきさつを話した。清瀬の声が現役の若手議員の口調になった。

「野崎、税金の問題なんてな、ゴマンとある。そんな程度の問題では、かれらは動かんよ。おれは財務省とは縁がない。国税庁なんて、まるで見当もつかん」

清瀬は率直にそう言って、祥司の相談をあっさりとかわした。もともと苦手な話を持ちこんだという意識があったから、祥司も諦めるのがはやかった。

「そうか、すまなかった。ぼくには政界も、官界も、未知の森だ」

祥司はちからなく呟いて、通話をきろうとした。

「未知の森ねぇ。あいかわらずだな、いまもおまえは映画青年なんだ」清瀬は妙な感心のしかたをした。「おれが訪ねたときも、映画人は屈折しておったなぁ」

「あのときは失礼をした。あほな芸術至上主義者だ。あのころは、どうにもこうにも政治が苦手だった」

「いまも、だろ?」清瀬は豪快にわらった。「だがな、野崎。時代はかわっていくぞ。野暮天のおれがさ、いまや、なんと文科族だぜ。常任委員会の委員長だ。作家のおまえが生臭い役所にコネをつくりたがるのも、ひょっとして時代のかわる兆しかもしれんな」

思案するように清瀬の息づかいがとぎれた。が、ふたたび声が戻った。

「野崎、おまえ、よっぽどこまっているようだな。財務省に精通したやつがいる。信頼のできる議員だ。やつに骨を折らせるよ。だがな、徴税機関なんていうのは、厄介な役所だ。あまり期待せんほうがいいぞ。紹介はするが、あとは勝手にやってくれ」

学友はそう言うと、祥司の耳もとに笑い声をのこして通話をきった。祥司は椅子に深く身を沈めたまま身じろぎもしなかった。

一週間ほどすぎて、未知の国会議員から電話があった。

「野崎さん、清瀬君からの紹介で、国税庁に請願する機会をつくりました。しかし、まえもって申しあげておきますが、条件はきびしいですよ。担当官が面会してくれるのは五分間です。三分間だと言い張るのを粘って延ばしました。役所が時間を制限するのは、一般のひとには対応しきれないからです。行政に不満のあるひとが、全国にいかに多いか、ということでもありますな。あそこは役所のなかでも、とくにそれが多い。苦情の巣窟ですよ。日時は、いずれ秘書に連絡させます」

歯切れのよい政治家の口調が、わずかにのこっていた袢司の迷いを消した。

幾日かすぎて、秘書だと名乗る男から電話があり、面会日が決まった。

「追って先生の紹介状を郵送します。庁へいかれるときは、あなたの直筆の請願書もいっしょに差しだされるように、と先生がおっしゃっておられます」

日時をつたえたあと、秘書は自分の考えもつけくわえた。

「請願書は型どおりの文面でもかまいませんが、かぎられた面会時間を活かすために、調査を受けたときの状況がわかる文書を添えられると、よいと思います」

「調査を受けたときの状況と申しますと……」

「そうですねぇ、調査を受けた状況などが立証できるといいのですが……。たとえば日報のようなもの、そんな書類はのこっていませんか」

助言が天の声に聴こえた。夢のような好機をつくってくれた学友の友情が身にしみた。

請願書は、当局へ抗議をしたときに読みあげた抗議文を、万年筆で清書しなおした。添える文書は、調査の経緯を短信ふうにまとめて縦書きにした。こちらはワープロ・ソフトをつかい、心情をまじえないで、簡潔に事実だけを記した。読みかえしてみると、ずいぶん月日がすぎたように思っていたが、じっさいにはそれほどでもなかった。祥司はもういちど絵里の手帳の記録と照合し、時系列にまちがいのないことをたしかめた。

〈調査の経緯を事実のままにご報告申しあげます〉
――四月四日（木）
所轄税務署の個人課税第二部門の水原英人、篠谷進両調査官が、事前連絡もなく、私の経営する事務所へ臨場。私が不在にもかかわらず、従業員の〈T〉を二〇分ほど尋問。そのあと取引先から戻る私を昼近くまで待って面談。あとで〈T〉に訊くと、始業の一〇時まえから、ふたりは通路の向かいにあるエレベーターのまえで張りこんでいたとのこと。

――四月八日(月)

午前九時五〇分、水原、篠谷両調査官が私の自宅に来訪。いきなり家宅捜索がはじまる。令状はなし。机の抽出しから銀行の通帳や印鑑などをとりだして確認したあと、寝室や台所など家のなかをくまなく捜索。現金出納帳、経費帳、売上帳、売掛帳、銀行帳のほか、請求書の控えや領収書、業務日報など三年分の書類を押収される。

――五月八日(水)

領置された帳簿書類を返却すると連絡あり。一カ月ぶり。経理を担当している妻とふたりで出頭。修正申告書五枚に署名、捺印を求められる。求められた追徴課税は、調査対象の三年分に、さらに二年分をさかのぼって加算、あわせて五年分。算出の根拠をたずねるも説明はいっさいなし。税額はすべて推計による算出とか。「納得できなければ、こちらの権限で、さらに徴税金額を上乗せすることもできる」と署名、捺印を強要される。拒むと、上司の古杉嘉平統括官と協議のうえ、あらたに上申書を書くようにと求められる。まえもって篠谷調査官によって用意された下書きには、領収書を改竄したこと、経費を虚偽記載したことなど、身におぼえのない内容が記載されており、認めないと青色申告の承認をとり消す、と決断を迫られる。やむなく清書して署名、捺印をする。水原調査官から調査の終了を告げられるまで、会議室で軟禁状態におかれる。およそ四時間。

——五月九日（木）

午後二時、支援団体の事務局長、局次長、支部長の三人が同席して、所轄税務署で総務課長と古杉統括官に面会。調査の根拠と修正金額の説明を求める。「修正金額については、担当調査官を自宅に伺わせて、誠心誠意、説明させます」と総務課長から回答あり。過日提出した上申書の返却を求めるも、公文書あつかいにしたことを理由に返却されず。

——六月三日（月）

水原調査官から自宅へ電話あり。返却した帳簿書類をふたたび提出せよ、との要求。「最初の調査とおなじ次元にたち、書類は五年さかのぼって検査をする」と通告をうける。それにたいして、（1）調査は終了したと水原上席調査官から告げられたこと、（2）修正金額を担当調査官に説明をさせると総務課長から約束のあったこと、この二点につき説明を求めるも回答はなし。

同日、午後二時ごろ、私の不在時に水原、篠谷両調査官が事前連絡なく自宅へふたたび来訪。対応した妻が理由を訊くと、「歩み寄るための確認です」と不可解な回答。

調査の意図不明。

——六月四日（火）

水原調査官に、再調査に応じることを電話でつたえる。週明けの一〇日午後二時に臨場を受け入れることで合意。

——六月一〇日（月）

帳簿、書類をそろえて、調査官を自宅で待つ。午後一時五〇分、水原、篠谷両調査官、臨場。総務課長との約束の履行を求め、修正額の説明を求めたが、回答はなし。再調査に応じたのにもかかわらず、両調査官は調査非協力を理由に検査を放棄。臨場の目的がいまもって不可解。総務課長との約束は、いまにいたるも履行されず。(後日、取引先から、水原調査官の反面調査を受けた旨、連絡あり。受注作業はすべてキャンセルとなる)。

記憶をよみがえらせる作業は、ただ怖ろしく、苦痛でしかなかった。

日報を読んだ絵里は、過去の記憶を呼び醒ましたのか、眼に絶望の入りまじった複雑な色を浮かべた。こんなメモが役にたつのだろうか、と、ふと疑問がよぎった。面会する徴税機関の若いエリート官僚に、たたきあげの古参の調査官から受けた痛苦が、はたして理解できるのだろうか。わずか五分間の面会が儀式におわるのではないか、そんな不安を祥司は抑えきれなかった。

日をあけず配達証明つきの郵便で紹介状が届けられた。

祥司は議員秘書に電話で礼を言ったあと、いだいていた不安を率直につたえた。「若い、ということはよい面もあります」秘書は歯切れがよかった。「経験豊かなひとたちは、たしかに頼りがいはあります。しかし、俗塵のしみこんだ馴れがないとはいえません。それにくらべると、若い人はいい、と先生はおっしゃっています。法律の解釈にも妥協がなく、おそらく公平、的確でしょうし、なにより若い官僚特有の純粋さ、まっすぐな正義感は、かけがえのない魅力じゃないでしょうか。先生の仕事でわたしもその担当官には会っていますが、きわめて優秀な財務官僚です。寡黙なひとですが、税務行政への正義はおおいに期待できると思いますよ。若いのに税務署長の経験もありますしね、あるべき税務行政の理想が、かれには期待できると思います」

その声は逡巡する祥司をちからづよく励ました。税務行政への正義が期待できる、ということばは新鮮だった。祥司はもういちど紹介状をながめた。密封された真っ白な和紙の封書に、万年筆の太い文字で、議員の名が書かれていた。失った自信がとり戻せるかもしれない……、きっととり戻せる、そんな期待が祥司のなかで徐々に膨らんだ。

指定された日、国税庁へ向かおうとした祥司に、同行する、と絵里が言いだした。あれほど口汚く罵ったのに、このまま不甲斐のない夫を見棄てることが忍びない、とでも思ったのだろうか。妻は条件をつけた。今後、支援団体とは距離をおき、局次長や支部長をまじえての共闘はやめてほしい、というものだった。迷いはあったが、千載一遇の請願の機会を眼のまえにして、祥司はひとまずその条件をのむことにした。

梅雨あけのつよい陽差しが、酷暑の到来を告げていた。ふたりはレストランへ寄った。店は二階にあった。昼食時にはエリート官僚であふれる席も、まだ閑散としていた。コーヒーを飲みながら、ふたりは窓越しに中央官庁のビルの群れをながめた。

遠くで聴こえていた群衆の叫ぶ声が、次第に近づいてきた。眼下にあらわれた群れは、整然と三列の隊列を組み、はためく幟は国会議事堂に向かっているらしかった。波打って前進をつづける横断幕とシュプレヒコールにはひとびとの切実な願いがこめられているように思えた。先頭がはるかさきをいくのに、隊列はまだ蜿蜒とつづいて、いつ果てるともしれなかった。おっ、と祥司は声をあげた。隊列のなかに、弱い者に重税を課さないでください、と熱っぽく訴えるひとたちの一群があらわれた。絵里が窓ガラスに額を寄せて食い入るように行進するひとたちをみつめた。いさまざまなスローガンに願いを託した一行は、やがて眼下を通りすぎていった。いまごろ議員たちの待つ議事堂の面会所には、かれらの到着に先立って、請願書を詰めたダンボール箱がうず高く積みあげられているにちがいない。

祥司と絵里はレストランをでて、財務省へ向かった。

建物はながい歴史を思わせた。正面に財務省の玄関があり、国税庁の通路は、側面から奥へ洞窟のように延びていた。祥司は紹介状と請願書を入れた黒革の鞄を脇に抱えなおして、絵里と薄暗い洞窟へ踏みこんだ。湿気のたちこめる通路にふたりの靴音が跳ねた。

向こうから小柄な青年が風呂敷包みをもって歩いてきた。祥司たちの眼のまえで立ちどまると、青年は律儀に靴先をそろえて直角にからだの向きをかえ、ノックをしないで扉のなかへ姿を消した。祥司たちが来庁を指定された部屋だった。

閉まったばかりの扉を祥司はそっと叩いた。どうぞ、と言う声が遠くに聴こえた。

部屋のなかは会議室になっていて、ながい楕円のテーブルの先端に、さきほどの青年が窓を背にしてこちらに視線を向けていた。テーブルと椅子だけがならぶ室内は、あの軟禁された会議室に似ていた。ひろさは三倍ぐらいあった。密室の重い空気が、幽閉されたときの古傷を疼かせた。

脇腹に絵里の指先を感じて、祥司はあわてて紹介議員の名を告げた。青年はゆっくりと腰をあげ、自分の坐っていたコーナーの近くへ坐るように手招きをした。

そっけなく差しだされた名刺には〈国税庁課税部所得税課〉とあり、役職は〈企画専門官〉と刷りこんであった。祥司は相手の着席を待って、席をひとつあけた下座の椅子に腰をおろした。つづいてその横に絵里が坐った。まぢかにみる相手の頬には贅肉がなく、眼差しが澄んでいた。三十前後だろうか。祥司より五、六歳は若くみえるのに、ひとを寄せつけない凛とした雰囲気があった。腕時計をみる馴れたしぐさから忙しさがつたわってきた。祥司は腕時計をはずして卓上に置いた。時間は守る、という意思表示だった。

紹介状と請願書を入れた封書を別々に手渡すと、専門官は紹介状の署名を型どおり確認して、封をきらないまま卓上に置いた。請願書もあっさりと読み流したが、添えた日報には関心をそそられたようだ。文面を追う眼がところどころでとまった。

「経緯がわかって参考になります。あとでもういちど、ゆっくりと拝見します」

専門官は日報から眼をあげて深く頷いた。そのあと問われるままに、祥司は日報の要点を説明し、調査の問題点を手短に補足した。〈事前連絡もなく調査がはじまったこと〉〈帳簿書類が領置されたこと〉〈領収書の改竄や諸経費の捏造を疑われ、上申書を書くように強要されたこと〉〈反面調査をされたこと〉――こうした要旨だけを説明し、いっさい弁解や懇請はしなかった。口述の訓練をなんどもしたので、時間はむだなくつかいきれたと思った。が、気がつくと、制限時間をかなり超過していた。専門官の心情を推しはかる術はなかったが、時間の超過を黙認した相手に、訴えは確実に受けとめられたという感触はあった。

「後日、管轄の署のほうへ連絡しておきます。ご苦労をかけました」

専門官は短くそう言うと、祥司と絵里を扉まで見送った。その態度に同僚の非礼を詫びる気持ちが感じられた。闘いに終止符がうてるかもしれない、そんな期待がうまれた。暗い通路を抜けでて、ふたりは財務省の威厳に充ちた建物をふり仰いだ。

十一

直訴をしてから平穏な日々が戻った。壊れた日常を立てなおすことができそうに思えた。が、そんな日はながくはつづかなかった。

青色申告に関する重要書類が送られてきた。当局のめずらしく迅速な対応に一抹の不安があった。開封すると、案の定、不安は的中した。表題は〈所得税の青色申告の承認取り消し通知書〉と書かれていて、全身が得体の知れない慄えにおそわれた。平常心では読めそうにもない文書に思えた。所轄署内での決済、通知書の作成、発送の時間などの経過を考えると、あの若い企画専門官が通達を発信するまえに発送されたのはあきらかだった。

表題のあとにこんな文面がつづいていた。〈あなたの青色申告については、所得税法一五〇条一項一号に定める取消事由に該当する事実があったと認められます。その事実があったと認められる調査の対象となった年以降の青色申告の承認を取り消します。調査対象の三年間の所得税調査に関し、当税務署の所得税第二部門水原英人上席国税調査官があなたの自宅において、事業に関する帳簿書類の提示を求めたところ、提示された帳簿書類に重大な瑕疵がありました。このことは所得税法一四八条に定める青色申告に必要な帳簿書類の備え付け、記録または保存がおこなわれていないことになります。したがって、所得税法一五〇条一項一号の規定に該当しますので、調査対象年分の青色申告の承認を取り消します。(以下余白)〉と記されてあった。

もういちど、青色申告の承認がとり消された根拠を読んでみたが、どのように解釈しても、冤罪の一点につきた。帳簿書類に重大な瑕疵があったというのは、おそらく祥司の書いた上申書をその理由の根拠にしているのだろう。調査の過程で〈所得税法一五〇条一項一号〉に違反するような事実はなかったはずだから、この処分に際して上申書が決定的な役割を果たしたことがわかる。結局、踏み絵の賭けは惨敗した、という事実だけが明白になった。この成果によって、水原は念願の統括官へ昇格を果たすのだろう。

国税庁への直訴が遅きに失したらしい、という烈しい悔いがおきた。祥司は肚をくくるときがきたと思った。

「踏み絵を踏ませたやつらを裁いてやる。水原と古杉を司法の場にひきずりだしてやる」

そう言い放ったのは、むろん絵里に異論はないと信じてのことだった。だが意外にも、絵里の眼は冷やかだった。

「裁かれるのは野崎祥司、あなたのほうです。イエスの踏み絵に見立てて、虚偽の上申書を書いたあなたをわたしは赦すことができません。相手を糾弾するまえに、自分の眼の曇りを拭うのがさきです」

能面のように表情をかえないで、きびしく迫る妻の口調に、祥司はことばを失った。

ページをひらいた聖書が絵里の手のひらにのっていた。ルカの福音書六章三七節の、裁くな、という聖句が眼を射た。

「よしてくれ」祥司は弱々しく呟いた。「ぼくはクリスチャンじゃない」

「ね、ここを読んでみて。声をだして読んでみて」

絵里は懇請した。が、祥司は応じなかった。

「じゃ、わたしが読むから、聴くだけは聴いてちょうだい。それくらい聴くのは、あなたの義務です。夫なんだから」

一歩も退く気配がなかった。祥司はしかたなく腕を組み、眼をつむった。絵里の澄んだ声が耳もとに届いた。〈裁いてはいけません。そうすれば、自分も裁かれません。人を罪に定めてはいけません。そうすれば、自分も罪に定められません。赦しなさい。そうすれば、自分も赦されます〉。読みおえると絵里は祥司の反応を静かに待つふうだった。

だが祥司は瞼を開くと、わざとらしく役所の文書を手前にひき寄せた。

「当局に一矢報いたい。異議審理庁には審理官という専門家がいる。こちらの意見をきっと聴いてくれる。意見陳述をして、なんとしても異議を認めさせたい」

「まだ眼が醒めないの？　生きるためには、忘れることも必要よ。ね、過去を忘れて、詩穂のためにやりなおそうよ。たいせつなことは、家族そろって平凡に生きのびることよ。そうしてちょうだい」

「座して脱税犯の汚名をかぶれ、と言うのか。いま異議を認めさせないかぎり、このさき、家族の人生を救う手立てがあるとは思えない。無罪であることが証明できなければ、社会復帰もかなわないのだ。一寸の虫にだって五分の魂はある。もし異議審理で棄却されても、そのあとに国税不服審判所がある」

「やめてください。もう、こんな生活は厭です。いまのわたしには、ただ詩穂の将来が大事なだけよ。あとのことは、もうどうだっていい。青色申告の権利だとか、社会正義だとか、たかが役人との喧嘩じゃないか。なにもかもやめてしまえば、国とのこんなばかばかしいつきあいはしなくてすみます」

低い声には恨みがこもっていた。娘を人質にされると、父親はだまるしかなかった。だが闘いをやめるわけにはいかなかった。なんと罵られようと、国に救済を求める権利を放棄する気にはなれなかった。絵里は捨て台詞を言うと、諦めたように書斎からでていった。

その夜遅く帰って、祥司がリビングの扉をあけると、漆黒の闇のなかに人形が坐っていた。うずくまるように椅子に背をもたせて身じろぎもしないその影絵は、まるで幽霊だった。一瞬、眼を疑ったが絵里だった。夫の気配に妻のからだはかすかに左右に揺れた。

「びっくりするじゃないか」

祥司はあとずさりして、壁のスイッチを押した。室内がいっきに眩しくなった。絵里の背中がくぐもった声で低くわらった。

「しあわせなんか、求めなければよかったのです。あなたの言うままに従っておれば、しあわせになれると信じてきたわたしがばかでした」

夫に見放されたと思いこんでいるらしい妻には、もはや妄執しかのこされていないようだった。

「絵里はこれまでぼくに勇気をたくさんあたえてくれたじゃないか。言いたいことがあれば聴くからね」

「よくもまあ、平気で社長をしていられるわね」絵里は吐きすてた。「従業員を放っておいて、外にばかり眼を向けて虚勢を張る男に、なにを話したって、わかるものですか」

最近の絵里は日によってひどく状態が異なっていた。皮膚が艶を失い、頬が削げ、眼が深くくぼんでいた。みるまに膨れあがった涙が絵里の痩せた頬を流れた。

「虚勢を張る男？　いや、それは……」

「もういい、そんなこと。どっちだっていいよ」

涙をつけたままの頬を拭おうともしないで、絵里はかたく唇を閉じた。祥司は痛ましそうに妻をみつめた。

「なにも心配しなくていい。生活なんて、どこでも、これがふつうなんだよ。このままつづけていければ、いいんだ」

「そんなにしてまで疑いを晴らしたいの？」

絵里の唇から小さなため息が洩れた。

「なんとしても犯罪者の汚名だけは拭いたい。男なら、だれでもがもっている誇りだよ」

「男なら、だなんて……。女にだって、誇りがあるわ」

「女の生きかたが、男とおなじである必要はないんだよ。これまでどおり、いっしょに暮らせるだけでいいじゃないか」

「あなたといっしょにいるかぎり、わたしは、もう燃えることはありません」絵里は呻いた。「あなたなしで生きたいの。そう決めたのです。詩穂と生きていきます」

「なにをばかなことを」

つい祥司は口調を荒げた。

「ええ、ばかな女です。野心的な男と平凡を求める女。笑っちゃうよ。こんな組みあわせなんて、哀しくなります」

祥司はなおも対話をつづけようとした。が、絵里は夫の声に背を向けて拒んだ。追いつめられた夫の苦境は、もはや理解できないようだった。聡明だったはずの妻も狂いはじめていた。

「わたしは、ただ消えていきたい。それだけよ」

おぞましいものをふりきるように絵里は腰をあげた。音もなく閉じられた扉を祥司は恨めしげにながめた。

その日をさかいに信じられないことがおきた。幽霊のような声をだしてからの絵里の変化は不気味のひとことにつきた。祥司は日常のことごとくを妻に拒絶され、気持ちが泥沼の底に沈んだ。脚本を自宅で執筆するとき、祥司は早朝にすませて出勤するのが習慣だった。夏は外が白む四時、冬でも六時には起きて書斎に入った。扉をたたいて絵里が食事を報せるのは、だいたい八時ごろだった。ちょうどシナリオの展開がいきづまる間合いに符牒があって、このパターンは好都合だった。ところが呼ぶ声は失せ、食卓での会話も妻はしなくなった。気の向かないときは、食事を報せるノックの音さえ手を抜き、さきに食事をすませて伝言は鉛筆で走り書きをしたメモになった。やがて祥司の料理を卓上に置いて姿を消すのが彼女の日常になった。

だが祥司は、当局との対峙に気を奪われ、妻の心境の変化を読み解こうとする思いやりを失っていた。

絵里の協力のないまま、祥司は異議審理庁へ異議を申し立てた。島塚と土井も公聴会で意見陳述をして、祥司の背中を押した。まもなく、ふたりの審理官が調査のために事務所を訪れた。祥司はその顔に眼を瞠った。審理官は、青色申告の権利を剥奪した署長の部下で、水原の同僚だったのだ。

「再調査のために水原調査官に尋問しました。ですが、水原は、野崎さんの帳簿書類の確認はできなかった、と主張しておるのですがねぇ」

いきなりそう主張した審理官に向かって、祥司は憤りを抑えて訴えた。

「青色申告に必要な帳簿書類はすべて記録し、保存しております。水原さんにも提示しました。私は所得税法一五〇条一項一号の規定にそむいてはおりません。公平な立場で、ぜひ検査をお願いします」

「帳簿書類を水原に提示されたのは、たしかですね」

「もちろんです。初回の調査で領置された帳簿書類をいちど返却いただきましたが、ご要望がありましたので、再調査でもまちがいなく提示しました」

「それなのに、確認をしようとする意思が水原にはなかった？」審理官たちは顔をみあわせた。「これが事実とすれば、国家公務員の怠業ということになりますが、水原はそんな調査官じゃないと思いますよ」

中立でなければならないはずの審理官の姿勢は、祥司の求めた国の救済とはほど遠いものだった。

「確認しようとしたら帳簿書類がなかった、と安易に決めつけないでください。帳簿の提示がなかったから、記録も、保存も、ないはずだ、なんて、そんな理屈は荒唐無稽だと思われないのですか」

　ふたりは肯定も否定もしなかった。

「では百歩譲って、帳簿の提示がなかったということを前提にしましょうか」祥司は語気をつよめた。「その場合でも、提示するものがなかった、というのと、あっても提示しなかった、という、ふたつのケースが考えられますよね。一方だけの事実で決めつける水原さんの論理は、あきらかに所得税法をゆがめた解釈ですよ」

　祥司の異議の申し立てに、別の角度から調査をする、と審理官はやっと約束した。が、水原の後追い調査をしただけで、あとは国税不服審判所でやってください、と言って審理を投げだした。審理期限の三カ月がきれる直前になって、棄却の決定書が異議審理庁から届いた。救済をするための機関とは名ばかりで、結局、審理は実態のないものだった。

棄却されたあとも、祥司はめげないで闘いをつづけた。

国税不服審判所へ審判の請求をすると、一カ月後、所轄税務署の答弁書と証拠書類の提出用紙などが送られてきた。祥司は島塚に相談して、絵里の眼をさけるために事務局の奥にある和室を借りた。メンバーから〈秘密の奥の院〉などと揶揄されている支援団体の隠し部屋だ。祥司は審判を受けるための証拠書類をそろえる作業にとりかかった。まず否認された証しとして、黄色の付箋が貼られた領収書のコピーをつくり台紙に添付した。つぎに年度ごとに撮った帳簿の写真をならべかえて一覧表をつくった。証拠づくりは日に夜を継いで一週間かかった。

その過程で祥司は審判所へ調査資料の情報開示を請求した。資料は税務署から審判所へ届けられて公開されたが、作成者は水原だった。

「その資料、拝見したいですね」

祥司から連絡を受けた島塚と土井が興味をしめした。ふたりも審判所に出向いて、答弁書の内容を閲覧した。公開された調査資料に記されていたのは反面調査をしたときのデータだけだった。

「これが国家公務員のやることか。こんなぶざまなものを、上席調査官ともあろう御仁が、ようまあ平気でつくりよったもんや。こんなもんで青色申告の承認をとり消されたんでは、たまったもんやないな」

土井がそう言ってわらうと、島塚が反論した。

「いや平気ではなかったと思いますよ。これが精いっぱいだったのでしょう」

「次長、本気でそう思ってはるの?」

土井は眼を剥いた。

「手抜きはしてないと思いますよ。やっこさんも、プライドにかけて必死だったはずです。野崎さんの帳簿さえみておれば、こんなひどいものをつくらなくてもすんだのに……」

祥司は意味がわからずだまっていた。それを察して島塚はわかりやすく理由を説明した。

「審判所から資料の提示を求められたとき、水原の手もとにあった手がかりは、野崎さんの取引先を反面調査したときのデータしかなかったわけですから、やっこさん、こまったと思いますよ。せっかく野崎さんが帳簿書類を提示したのに、みようとしなかった罰ですよ。野崎さんが不服審判を申し立てるなんて、想像さえしなかったのでしょう。答弁書をつくるのは、これが精いっぱいだったと思います。自業自得です」

「そういうことだったのですか」

「そうや。野崎さんから訴えられて、おっさん、腰ぬかしよったんやろなぁ」

土井が水原の失態を冷笑した。

祥司は気持ちが揺れた。真実を提示してほしかったという思いと、手抜き作業を審判官に見抜いてもらいたい、という矛盾に充ちた心境だった。

「野崎さん、ひょっとすると、ひょっとするかもしれませんよ」

島塚が低い声で祥司に囁いた。土井もすかさず頷いた。

「ずさんやったという調査のからくりをやな、審判官が見破ってくれるかもしれへんで」

ふたりの推論に祥司の期待が膨らんだ。

「ところで野崎さん、審判請求の書類に、自分のことを〈異議調査者〉と書きましたか」

島塚があらたまって訊いた。

「異議調査者？　それ、なんのことです？」

「じつは審判の開始されるまえに、あなたの提出した審判請求の特記事項に〈異議調査者〉と記入されていた、という事実がわかったのですが……」

そんな記憶のないことを祥司がつたえると、そうですよね、そんなことを書くわけがない、と呟いて島塚はことばをつづけた。

「異議調査者なんて呼称は存在しませんしね。救済を求める野崎さんの権利をだれが妨害しようとたくらんだのか、と事務局長も深刻に受けとめています。これは救済の攪乱をねらった悪質きわまりない犯行です」

われわれのほうでも徹底的に調べてみます、と島塚は言った。が、犯人の追跡は、支援団体の調査によっても不発におわった。

奥の院に閉じこもるあいだ映像の制作は遠田にまかせきりにしたので、事務所の活気は眼にみえて低下した。祥司にそそがれる視線は冷やかになり、スタッフから退職願がだされそうな予感さえあった。風評はどこから洩れるのか、取引先の関係者や大学の研究室からも、祥司の税務闘争の姿勢を危ぶむ声が聴こえた。それでも祥司は法の正義を期待して、審判に一縷の望みをかけた。が、審判所にはさらに意外な実態があった。人事異動で多くの審判官と各署の税務署長との経歴が重複していたのだ。

仲間内で調査の違法性を追及するというのは、ふつうのひとの感覚では想像のできない構図だった。納税者が審判を求めるということはどういうことなのか、審判所の立法の意図をどれだけの官僚が理解しているのか疑問だった。納得のいく回答がえられないまま、不服審判も棄却された。


その夜も外灯はすべて消されていた。祥司は手探りで玄関の扉を解錠し、廊下に明かりを点けた。リビングルームの扉をあけると、食卓の備品はのこらずかたづけられ、聖書のうえに一通の白い封書が置かれていた。それまで漠然としていた不安が正体をあらわしたように思えた。文字の書かれていない封筒をみつめ、なにかが、あらたに展開していくらしい、ということだけが予感できた。

祥司は動悸を抑えて封書にペーパーナイフを入れた。予感はあたった。

〈父も望んでいるので、帰郷します。詩穂は郷里の学校に転校手続きをすませました。そっとしておいてください〉

万年筆の青い文字が縦書きで書きだされていた。そっとしておいてください、と訴える最初の一行に、絵里のかたい決意がこめられているようだった。祥司は読みすすむ気力を奮いたたせなければならなかった。

〈あんなにしあわせだったのに、あんなに平穏でみたされていたのに、という思いは、いまも嘘偽りはありません。わたしたちのあいだに、なにがおきたというのでしょう。ほんとうに信じられない日々の連続でした。はじめのうちは、このひとはなぜこんなにも正義感がつよいのか、なぜこんなにひたむきに生きられるのか、わたしはあなたをみつめて、ただ尊敬の一念しかありませんでした。なにも考えないで、わたしはあなたを仰ぎみていました。あなたのうしろ姿をみて、ああ、このひととといっしょになってよかった。詩穂もしあわせになれる、そんなふうにも思いました。

わたしには税務行政のむずかしい論理はわかりませんが、役人の組織が異様な集団に思えたことだけは、はっきりしています。とつぜんあらわれた見知らぬふたりの来訪者によって、家族の絆がずたずたに切り裂かれていくようで、怖くてしかたがありませんでした。家のなかで、毎日詩穂をひたすら抱きしめていたい、そんな気持ちがいっぱいでした。けれども、あの役人たちにかかわりだしてからは、自分が生きているという実感がわたしからきれいに消えてしまいました。いつのまにか聖書を読む気力も失せ、家事も手につかなくなりました。

わたしは確実に自分が狂ってきているのがわかります。地下鉄のホームに立つと跳びこみたい衝動にかられ、ビルを仰ぐと、飛びおりる自分の姿をはっきりと想像できます。そんなとき、ふしぎに恐怖心は感じませんでした。なぜ、そんな幻覚におそわれるのか、自分の心理がいまも理解できず、わたしは悩みました。

いまさら弁解のしようもありませんが、じつは多くのひとに、わたしは迷惑をかけてきたのです。親しい友人に扶けを求め、駆けつけてもらったことも一度や二度ではありません。夜の街をあてどなくさまよい、方向を見失って徘徊していたときです。ふしぎに思えるのですが、いまもその自覚がありません。自分を責める気持ちは多少あるような気もするのですが、贖罪の意識はまるでありません。たしかに、わたしは人知れず人間がかわりました。わたしはひそかに精神科で診察を受けました。ですが、生きているという実感のない人生なんて、もう厭。ここにはわたしと詩穂を癒す空間はもうありません。

あなたの苦痛も大きいにちがいありません。でも、わたしもこころに深く疵を負いました。いまも、あの尋問の恐怖から脱けられず、やつれて艶のない女になり、泥のような人間になりさがりました。敉さない。わたしは生涯、あの水原英人という人間を敉しはしない。

あの男を相手にしたのはあなたです。こうなったのはあなたのせいです。あなたは偽りの上申書を書いて、わたしを貶めました。わたしのあなたにたいする不信の思いは、いっそう動かしがたいものになっていったのです。わたしはいま、鬼のような形相をしているにちがいありません。かつてあなたにいだいた愛と、自分でも怖いと感じるほどのいまの絶望感とが、たがいにもつれて交錯し、なにがなんだかよくわからなくなっています。いよいよ狂ってきたということだけは、わたしにもわかります。

でも、おなかを痛めて、この世に命をあたえた詩穂に罪はありません。自分の命はすこしも惜しいとは思いませんが、詩穂の命をこの地上に遺して、自分の命を絶つことには忍びがたいものがあります。気持ちが慄えて、こうして書くあなたへの手紙にも、指先にちからが入りません。いままでとはちがった生きかたをしなければいけない。そんな考えが、わたしのなかにやっと芽ばえてきました。

ああ、わたしはいま、とても興奮しています。ここで人生の転換に踏みきる決意ができたのは、神の啓示だと思っています。

これまでも、なんども離婚を考え、逡巡した時期がありました。でも、いまなら踏みきれます。あなたとの離別によって、わたしも詩穂も、決して不幸になったりはしません。いまは憑かれたように、詩穂とふたり、ただただ、しあわせになる日を夢みています。たとえあなたが認めてくださらなくても、離婚にすべてを賭け、意地をとおそうとつよく念じています。

わたしはあなたに悲嘆と苦痛をあたえました。寂しい思いをさせて、ごめんなさい。裏切りをこころからお詫びいたします。

いまになって、こんなことをあなたに申しあげる資格はありませんが、あなたは信じる道をがんこに守りとおし、初心を貫いてください。ですが、生意気にひとこと言わせていただくなら、あなたが正義を実証できたとしても、結局、ひとの世の汚い裏側がみえる、ただそれだけのことではないのか……、そんな虚しさを感じます。

健康だけは、なににも優先してくださいくれぐれもね。末永く、おしあわせを祈っております。絵里〉

祥司は文面から視線をはずすことができなかった。署名、捺印をした離婚届の用紙が添えられていた。祥司は思わず眼をつむった。〈あなたといっしょにいるかぎり、わたしは、もう燃えることはありません〉と言ったことばの重さをいまになって気づいた。絵里の幽霊がいっしょに暮らすのは厭だと訴えたあのとき、対話の綾だと思って聴き流したことが悔やまれた。〈あなたなしで生きたいの。そう決めたのです。詩穂とふたりで、生きていきます〉とも妻は言った。失ったものにも気づかず、祥司の思考はとまったまま循環しなかった。十数年もいっしょに暮らしながら、なにひとつわかっていなかった自分が情けなかった。

しばらく瞑目していて、絵里を翻意させることのできる道をさがしてみた。まだひとつのこされていた。支援団体との縁をきり、当局の意に従う道だった。支援団体はともかく、汚名をかぶる選択肢は冤罪を認めることと同義語であり、祥司にとっては万死に値した。

祥司はふいに立ちあがると、階段を烈しく踏んで二階へ駆けあがった。

詩穂の机と本棚は消え、ロッカーの衣類も、一枚も遺さず持ち去られていた。娘のあらゆる匂いが跡形もなく消されていた。国税庁への請願を見棄てなかった妻だったが、ついに終焉がきたことを認めるしかなかった。当局から呼びだされた初日には、なんの疑いもいだかず無邪気に応じた妻……。あれがしあわせの絶頂だったのか、不幸のはじまりだったのか。そんな破局さえも予測できないほど、祥司は愚鈍な男になりさがっていた。

その日も祥司は事務所に独りとりのこされて、窓外に眼を向け、陽差しの光芒が消えたビルの群れの輪郭を眼でなぞっていた。だが、あたまのなかは悪化の一途をたどる事務所の収支に気を奪われていた。由岐の会社からの受注がとまったことが経営を揺るがせる端緒になった。本業の映像制作の受注量は心もとなく、失った取引先の回復の見込みも望めなかった。契約のスタッフは自宅待機し、プロデューサーやカメラマンも定時を待たず退出した。状況になにひとつ好材料はなかった。妻子に去られても、脱税犯のレッテルを剥ぎとらなければ、ほかに道を拓く手立てはないように思えた。祥司は提訴の炎を消すわけにはいかなかったのだ。

窮地を脱するには、身を捨ててこそ浮かぶ瀬もある……、と考えたとき、もはや失うもののないつよみが司法の正義を実現する好条件になることに気づいた。

ところが相談をした支援団体の本部は、幹部会をひらいた結果、祥司の訴訟を私的利益の追求とみなして支援できないと通告してきた。この決定は祥司にとって衝撃だった。去った妻の戒めが、いまさらながら理解できた。支部は人材面での支援を了承してくれたが、資金援助のない訴訟がはたして維持できるものかどうか、その見通しはたたなかった。なにより祥司の苦悩を深めたのは、国に勝訴した判例が限りなくゼロに近いという事実だった。

絵里の書き遺した忠告を思いかえすと、法廷闘争の名分さえもが曖昧になった。が、祥司は逡巡したあげく意を決し、所轄税務署の署長にたいする原告訴状を裁判所にだした。原告がなぜ被告を訴えるのか、という趣旨を記した訴訟の基本になる文章である。当局は訴状をみるまでは、訴えられた内容がわからず、訴状を受けとってはじめて理由を知ることになる。しばしば裁判の報道などで、まだ訴状をみていないのでコメントは控えたい、という談話が眼にとまるが、なぜ訴えられたのか、被告はそれまではわからないのだ。いままではひとごとのように思っていたその世界に、祥司はついに踏みこんだ。

裁判所は祥司からの訴状を受理すると、第一回口頭弁論の期日を決めて、訴状と期日を記した呼出状を被告の税務当局へ特別送達で郵送した。

当局は訴状を読んで、野崎祥司と争う内容を記した答弁書を裁判所に提出した。〈所得税青色申告承認取消の取消および課税処分取消請求〉の裁判は、ついにはじまった。祥司は支援団体の顧問弁護士である木内祐介を代理人に選任し、税務当局は石本努弁護士を選任した。審理の訴訟指揮は的場公四郎裁判長が執ることになった。

民事裁判は刑事裁判とちがって、証人尋問を除いて、そのほとんどが書面のやりとりによってすすめられる。祥司は〈帳簿書類を呈示したのに調査官が確認を怠った〉という事実に立証の重点を絞り、税務調査に誠実に対応したことを裁判長に知ってもらうために国家公務員の怠業を追及しようと決めた。これにたいして当局は〈青色申告の承認をとり消したのは正当であった〉と反論し、帳簿書類の記録がなく、保存がなかったことを立証しようとした。その反論にたいして、祥司は当局の内規である税務運営方針をひきあいにだした。追徴課税額の根拠の説明がなく、さらに再調査の要請に応じたのに検査を拒否され、納税非協力者とみなされた、と書面でひとつひとつ反証し、主張と反論を丹念に積みかさねていった。

こうして原告訴状と被告答弁書にはじまった民事裁判は、双方の準備書面や陳述書などによって、審理は一カ月にいちどぐらいのペースですすめられた。

法廷は証人尋問の段階に入った。祥司は支援団体の佐伯恭介事務局長、島塚伸一郎次長、土井泰三支部長を申請し、当局は古杉嘉平国税統括官、水原英人上席国税調査官、篠谷進国税調査官を証人に択んだ。

祥司は尋問にたいするこころがまえをまとめた。こたえかたによって裁判長の心証にあたえる影響はすくなくないと考え、まず、相手側の代理人の質問を最後まで聴いて正確にこたえること、つぎに、結論をさきにこたえ理由はあとで説明すること、最後に、記録されることを意識して簡潔にこたえること、この三つを肝に銘じて尋問に臨んだ。

ところが傍聴席をみて失望した。支部のメンバーの幾人かが姿をみせただけで、記者の姿さえなかった。この裁判が、単なる個人の利益のための民事事件として受けとられているとしたら、訴訟をおこした志とはほど遠かった。この訴訟を祥司はあくまで人権事件として位置づけていたのだ。

だが低調だった法廷に、やがて変化がみられた。土井のつくるニュース速報が功を奏し、当局の人権侵害が注目されるようになった。佐伯の助言で、報道各社へも速報が配布されると、当局の強攻策の実態や違法な調査のやりかたに批判がつよくなり、支援団体の本部からも幹部が顔をみせた。それまで無縁だった自営業者までもが傍聴に訪れるようになった。その流れは当局の調査官にまでおよんだ。遠田と麻美も連れだって傍聴席に顔をみせた。家族離散の辛さに耐えながら法廷闘争をつづけるさなかに、ふたりの姿はことのほか祥司を勇気づけた。

木内代理人の尋問は巧みであった。違法な家宅捜索の状況や、上申書を強制された事情など、これまでの経緯が知られると、傍聴人はさらにふえる傾向をみせはじめた。的場裁判長もこうした傾向には注目しているようだった。訴訟をおこしたことは犠牲も大きかったが、すこしずつ収穫も積みあげられていった。

水原の証人尋問の日、被告にたいする石本代理人の主尋問がおわると、的場裁判長は木内代理人に反対尋問を促した。水原への反対尋問がはじまった。

――青色申告者に推計による課税は認められていますか。
水原　認められていません。
――証人は、認められていない推計によって課税処分をしようとし、野崎夫妻を四時間にもわたって会議室にとどめおきました。その調査のしかたは適切ですか。
水原　ご納得のいただけるまで話しあうのが、不適切だとは思いません。
――野崎さんは、修正額の内容も、否認した領収書の内容も、証人から説明はなかった、と言っております。
水原　その説明は必要ないと判断しました。納税者はみずから上申書を書いて、でたらめな申告であったことを認めております。
――上申書は、野崎さんがすすんで書いたのですか。
水原　もちろん、そうです。
――領収書を改竄したおぼえはないと主張する野崎さんに、それを認める上申書を書くように強制したのではありませんか。
水原　納税者は自分からすすんで書いたと記憶しております。わるいことをしなければ、上申書などだれも書きませんからな。
――証人が呈示した修正申告額に、野崎さんの納得がえられましたか。
水原　えられませんでした。
――それで証人は再調査のやむなきに至ったということですね。
水原　再調査ではありません。確認です。
――帳簿書類の記録と保存の有無は確認できましたか。
水原　帳簿書類の確認はできませんでした。
――できなかった、のではなく、しなかった、のではありませんか。
水原　……
――みることができなかった、というのと、みようとしなかった、というのとでは、結果はおなじであっても、法解釈は正反対になります。どうなのですか。
水原　……
裁判長　証人、できなかったの？　それとも、しなかったのですか。
水原　確認できませんでした。はじめから帳簿書類をみせる気など、納税者にはなかったからです。

——証人は、はじめからみる気がなかった、そうではありませんか。
裁判長　代理人、質問のしかたをかえてください。
——帳簿や書類、資料なども準備されていたのに、なぜ確認してあげなかったのですか。
水原　わたしは、みようとしましたよ。しかし、納税者から嫌がらせをされては、確認などできるわけがありません。
——野崎さんが嫌がらせをしたのですか。
水原　そうですよ。再調査の理由が納得できないから説明しろとか、いったん終了した調査をなぜ再開した、と暴言を吐かれては、みることなどできないではないですか。調査非協力者とみなされても弁解の余地はないはずです。
——再調査、いや確認でしたか……。その目的はなんだったのですか。なぜ理由を言わなかったのですか。
水原　理由は言いましたよ。所得の確認、だと。そうしたら、確認としか言わないのなら調査に協力できないと……。確認に協力する意思がないのはあきらかでした。
裁判長　証人は正確にこたえなさい。原告は追徴課税される所得の内容を訊きたかったのではありませんか。なぜ説明してあげなかったのですか。
水原　こちらには守秘義務があるわけですから、説明のできない内容もあります。
――証人は、帳簿書類の存在が確認できなかった、と証言しましたが、野崎さんが帳簿書類の確認を望んだのに、あなたは大声をあげて拳でテーブルを叩いた、これが事実なのではありませんか。
水原　むかしのことですからねぇ。前後のことは記憶にありません。興奮しておられた納税者の眼には、わたしの手の甲が、ほら、こんなふうに上下に動いたのが、テーブルを叩いたようにみえたのだと思いますよ。
――興奮したのは野崎さんで、あなたは冷静だった、そういうことですか。
水原　はい、冷静でした。わたしは興奮しておりませんし、テーブルも叩いておりません。納税者のご希望に誠心誠意こたえて、指定された自宅へ伺ったところ、納税者は自己主張をしたいために、私どもを自宅へ呼びつけたことが判明しました。調査を受けるふりをしただけの不届きな納税者をまず究明するのが先ではありませんか。代理人も法律の専門家だったら、こんなことは先刻ご承知のはずですがね。
裁判長　証人はことばづかいに気をつけて、質問されたことにだけこたえてください。

——証人は国税不服審判所長の要請に、答弁書を書きましたか。

水原　はい。

——その答弁書は代理人も拝見しました。上席調査官ともあろうひとが、反面調査の内容をただ置きかえただけの答弁書しかつくれなかったのは、なぜですか。

水原　失礼なことを言うな。わたしは現場で三十年もたたきあげたプロだ。答弁書が不出来なのは、わたしの能力の問題ではない。

裁判長　証人は質問にこたえてください。

水原　帳簿の照合を納税者が拒んだからです。照合さえできておったら、裁判長も感心されるような答弁書をばっちりつくりましたよ。

——三十年のキャリアには敬意を表します。しかし、推計課税がいかにいいかげんなものであったか、あなた自身がだれより承知されているのではありませんか。

水原　代理人がなんと言われようと、わたしの答弁書は国税不服審判所長に採用されたじゃないですか。異議調査者の審判請求があっさりと棄却されたのは、先刻ごぞんじでしょ。

――証人は、いま、なんと言いました？　異議調査者、と言いませんでしたか。
水原　はい、言いました。
――異議調査者というのは、どういうひとのことを指すのですか。
水原　税務調査の結果が不満だと難癖をつけて、異議を唱える納税者のことです。
――野崎さんは、審判請求の特記事項にはなにも書かなかった、と言っています。ところがいつのまにか、異議調査者、と、ありもしない呼称が記入されていました。だれが書きこんだのですか。
水原　……
裁判長　だれが書いたのですか。
水原　……私です。
――あなたにはそれを書く資格も、権利もないはずです。名称の詐称はもちろんですが、審判の妨害はとうてい赦されることではありません。納税者の異議申し立てを妨害するのは、悪質きわまりない犯罪行為だとは思わなかったのですか。
水原　悪質な犯罪行為だなどと、それは屁理屈というものでしょう。わたしどもは、それも仕事のうちだと理解しております。

――無断で書きこんだのは、異議が棄却されることを狙ってのことですか。

水原　納税者がうちの署を経由して審判請求したのは、書類に眼をとおしてくれというこ
とだと理解しております。

――書類をわざわざそちらの署へ迂回させたのは、あえて署長や統括官、それに上席調査官である証人にも、調査がいかに不当であったかを知ってほしかった、と野崎さんは言っております。これまで異議調査者と書かれて審判請求が認められたひとはいますか。

水原　たぶん、いないでしょう。いや、ひとりもいません。わたしどもの調査がいかに正しいかという証しですよ。

――尋問をおわります。


傍聴席は鎮まりかえった。水原は最後まで野崎祥司を〈納税者〉としか呼ばず、いちどもなまえを言わなかった。

水原の証言のなかには偽証を疑わせる台詞があった。だが再調査の過程での証言は、それを反証できる第三者の立会人はいなかった。

祥司はこうした尋問の場面にそなえて、まえもって証拠物を裁判所に提出していた。撮影と録音をした現場のデータのコピーである。録音を証拠にするときには、録音全体の音声を文字に書きおこす〈反訳〉という作業が必要だったが、それも〈反訳書〉にまとめて証拠に添えた。

ただ、会話の無断録音や撮影が証拠として採用されるかどうかは、的場裁判長の判断にかかっていた。

こうして現実に証人の偽証というシーンに遭遇してみると、妻が視覚で捉えた現場の臨場感を夫の録音が補強するという黒田官兵衛の陰の采配は、みごとというほかなかった。絵里は深く疵つきながらも、祥司を懸命に支えた。彼女の撮った写真と動画は、やがて現場の動かしがたい証拠になるだろう。納税者とその家族が国税調査官と向きあって、こうまでして申告の正当性を立証しなければ、みずからの人権さえ護れない現実を思い知らされ、祥司は暗澹とした気持ちになった。

つぎは篠谷が証人に立った。被告側の石本代理人の主尋問がおわっても、なぜか木内代理人は反対尋問をはじめようとしなかった。傍聴席をながめている木内に、的場裁判長が、どうしました、と訊いた。

「裁判長、証人の上司が傍聴席におります。古杉嘉平統括官と水原英人上席調査官の退廷をお願いします」

傍聴席がざわめいた。

「なぜ退廷が必要ですか」

「篠谷証人は、上司の監視下では自由な証言ができないと考えられます。真実の証言ができる環境を証人に保証するために、上司の傍聴を遠慮願いたいのです」

裁判長は傍聴席を窺うようにみて、名指しで退廷を命じた。ふたりの男は顔に戸惑いをみせ、傍聴人の視線を背中にあびて退出した。

篠谷にたいする反対尋問がはじまった。

――野崎さんの場合は任意調査のはずですが、なぜ事前連絡をしなかったのですか。国税庁から通達されている税務運営方針にはどう指示されていますか。

篠谷　事前に納税者から諒解してもらうように、と指示されています。

――税務運営方針に背いて、抜き打ち調査をしなければならない理由があったのですか。

篠谷　統括官と上席調査官の合意のうえでの方針でした。上司の指示に従うのが、わたしの職務です。

――付箋を貼った領収書と、貼らなかった領収書とは、どうちがうのですか。

篠谷　経費として認められないと判断した領収書には、付箋を貼りました。

――証人が否認した経費には、どんなものがありましたか。

篠谷　……こたえなければいけませんか。

――固有の名称や商品名などは省いてけっこうですから、一般論でおこたえください。

篠谷　そうですねぇ、たとえば……、取材費とか調査費、交通費、接待費などと仕分けされている場合でも、それぞれの経費に該当する具体的な仕事の裏づけが確認できないと、疑問符がつくかもしれません。経費に対応する売り上げの証明が困難なものも否認の対象になりやすい経費です。

――具体的な仕事に結びつかない経費であっても、将来の仕事にたいする先行投資とみなす場合はないのですか。

篠谷　一般の設備投資とはちがって、頭脳などにたいする無形の経費については、先行投資とは認めにくいですね。

――たとえコストの計算が困難な事例であっても、事業としてみれば先行投資とは考えられませんか。

篠谷　申告されるかたは、どなたもそう主張されるかもしれません。いまの仕事が、かたちになるのは十年、二十年先だと言われましても、申告は年度ごとに処理されるわけですから、減価償却の対象にはなりにくいですしね。これは私見にすぎませんが、……いまの税法が時代に遅れている面は、たしかにあると思います。創作とか制作、あるいは編集といった仕事や、学術、文化、科学技術に関する仕事などは、いまの税法にはもっとも不向きな業種といえるかもしれません。必要経費の概念をもっとひろげて解釈するのが、時代のニーズにあっているのではないかと思います。

――税法になじまない経費だからといって、申告した本人の考えや実情をたしかめないで、一律に否認の付箋を貼ってしまうというのは、いかがなものでしょうか。

篠谷　おっしゃるとおりです。青色申告者にたいしては、推計課税は認められていませんから、疑問のあるものについてはいちいち確認をとるべきです。野崎さんにもいずれ確認をとらせていただくつもりでいたのですが、その後、領収書のチェックは必要がなくなりました。

――なぜ必要がなくなったのですか。

篠谷　野崎さんから上申書がでたからです。

――もうすこし具体的に説明してください。

篠谷　統括と上席は、上申書を入手した時点で、推計課税ができると判断しました。したがって、わたしの貼った付箋も意味を失いました。

――野崎さんに書かせた上申書の下書きは、あなたが書いたものですか。

篠谷　はい。上席の指示に従いました。

――しかし、こんどの税務調査のやりかたには、野崎さんご夫妻は納得していません。

篠谷　上申書を根拠に推計で押しきろうとしたのは誤算でした。ましてや領収書の疑義ぐらいのことで、所得税法の罰則規定を適用しようとしたのは、あきらかに税法の拡大解釈でした。

――プロ中のプロが、なぜ法に反してまで、そんないいかげんな誘導をしたのですか。帳簿書類があるのに青色申告の承認をとり消すというのは、論外の暴挙ではありませんか。

篠谷　そうかもしれません。野崎さんは不本意だったと思います。

——当局にとっても、上申書が両刃の剣になったとは考えられませんか。

篠谷　はい。上申書はいただきましたが、修正申告には応じていただけませんでした。野崎さんにとっては屈辱に近い感情をがまんされたのではないかと推察しております。わたくしどもはたったひとりの納税者の抵抗に、当局あげて対峙する事態に追いこまれました。再度の調査にも快諾がいただけたのに、あのとき帳簿書類をみて差しあげておれば、野崎さんをここまで追いつめ、苦しめなくてもすんだのに、と悔やまれます。

——それは証人の職業人としての自覚ですか。

篠谷　そんな立派なものではありません。青色申告の承認をとり消すということは、もっと現実的な問題です。納税者に死をあたえるほどの、文字どおり死活問題ですからね。

——野崎さんが裁判をおこされた意図をどうお考えですか。

篠谷　重い意味があると思っています。税額だけの問題であれば、納税者と国家のあいだで決着がつけられるルールがありますから、ほかに考えがあってのことと思われます。訴状を書かれたのは追徴税額についての争いというより、納税者の人権にかかわる問題ではないかと理解しております。税制の民主化を堅持するためにも、やむにやまれない心境だったのではなかったかと……。だとすれば、わたしどもが検査を放棄したことは、国家公務員としてあってはならない怠慢です。

――徴税の仕事をされていて、日ごろの信条としておられるようなものがありますか。

篠谷　わたしどもの仕事は古く、世界の歴史をみても、徴税制度はローマの時代にもすでにありました。しいて申しあげれば、わたしが座右の銘にしているのは、新約聖書にある聖句でしょうか。

――具体的にお聴かせください。

篠谷　ルカの福音書、第三章の一二節と一三節にこんな聖句が記されています。〈取税人たちも、バプテスマを受けに出て来て、言った。「先生、私たちはどうすればいいのでしょう」。ヨハネは彼らに言った。「決められたもの以上には、何も取り立ててはいけません」〉と。わたしに課せられた仕事は、これ以上でも、これ以下でもない、と思っております。

――尋問をおわります。

篠谷は祥司が訴訟をおこした意図を的確に理解していた。訴訟を私的利益の追求と捉えた支援団体の幹部たちよりも、訴状の真意をはるかに深く読みこんでいた。若い調査官は上司を苦境に追いこむかもしれない危惧を承知で、いまの税務行政に警鐘を鳴らしたかったのかもしれない。だが造反にしては、篠谷の表情に苦渋はなく、さわやかささえ感じられた。

篠谷の証言は反響を呼んだ。ことに税務関係者には、はかりしれない衝撃と波紋をひろげた。祥司は胸のうちで呼びかけた。絵里があれほど待ち望んだ小早川秀秋が、ついにあらわれたよ、と。

法廷は証人尋問の山場をこえて、十二回の口頭弁論で一年三カ月の審理をおえ、最終局面にさしかかった。まもなく判決がでる。闘いの闇が晴れるか、より濃くなるか、祥司にとって、人生の分水嶺を迎える日が近づいた。

薄汚れたベッドのうえに射しこむ弱い陽差しが、微妙な色合いの光をちらつかせた。祥司はまるまったからだを蒲団に横たえて眼を細めた。正義のためにかれはかれなりに生きてきた……、いまは闘いに疲れてベッドにからだを横たえているのにすぎない、と言いきかせてはみたが、傍目にはもはや廃人にしかみえなかっただろう。

着信のメロディーがなった。メールは健太少年からだった。〈こんどの日曜日、ブロックの決勝戦です。よかったら観にきてください〉と文面は近況を報せていた。祥司は気だるいからだをやっとベッドから離した。

部屋は異臭にあふれ、散らかり放題の床のうえは足の踏み場もなかった。脳裡に麻美の清潔な小さな部屋が浮かんだ。あの凍えた風鈴の音色は、いまも季節ごとに風にゆられて、さわやかに部屋を通り抜けているのだろうか。そう思ったとき祥司の胸に痛みが刺した。当局との闘争に明け暮れているうちに、いつのまにか麻美からも気持ちが遠のき、絵里と詩穂の記憶も希薄になっていた。

思いついて、祥司は二階へ脚をはこんだ。

ひさしく脚を踏み入れなかった詩穂の部屋は、黴の乾いた臭いが充満していた。家族離散の衝撃はこの一室からはじまった。未編集のラッシュ・フィルムの映像さながらに、泥沼のように湿った日々の光景が脳裡に照射された。祥司のたどった過去はなんと凍えた時間だったことか。絵里の撮った記録は証拠として裁判所に採用された。が、それも知らないで、絵里はいまごろどんな暮らしをしているのだろう。離別してもう何年になるだろうか。いまは子育てをおえて再婚しているかもしれない。詩穂はこの春、高校を卒業するはずだ。いや、卒業して大学へすすんだのか就職したのか……、この曖昧な記憶の事実だけでも、祥司はもはや父親の資格は喪失していた。家族との離別は祥司の人生を根底から狂わせた。この先も闘争をつづければ、未来は跡形もなく瓦解するのは眼にみえていた。

祥司は闘争のさなかに多くのひとたちと出会い、別れた。離散をくりかえすたびに、疵をあたえ、あたえられた。

身の潔白はかならず証明すると言って別れた由岐の顔が脈絡もなく浮かんだ。居酒屋の夜がなつかしく思いだされた。その後、かれはみずから退社の道を択んだ、と、ひとづてに聴いた。才気煥発な人道主義者は、いまごろ、どこで仕事をしているのだろうか。由岐、もうすぐ判決がでるよ、と祥司は胸のうちで呼びかけた。

もうひとり気になる男がいた。玉城は雲海に覆われた稜線で対峙したあと消息が絶えた。葦の原の倉庫を訪ねたがスタジオの跡は遺されていなかった。ひとりの女のためにそこまで純粋になれた旧友に祥司は羨望さえおぼえた。傍聴に訪れていた麻美も、あるときからふっつりと顔をみせなくなった。遠田がしきりに気を揉んでいるようだったが、祥司は彼女の性格を考えて連絡を控えた。

さまざまなひとたちをまきこんだ歳月に、判決があらたな区切りをつけるのかと思うと、ひとしおの感慨があった。

祥司にたいする判決は午後一時十五分と決まった。税金の裁判で国が敗訴する例は万分の一あるかないかだ。が、もし勝訴すればニュースの価値はさまがわりに化ける可能性を秘めていた。民事事件の判決は主文だけが告げられるということだったので、祥司は木内代理人に出廷を託した。木内から一時半きっかりに電話が入った。

的場公四郎裁判長は〈税務署長がおこなった青色申告の承認の取消処分を違法と

して取り消す。訴訟の費用は被告の負担とする〉と主文を告げた。それを木内から聴いたとき、すぐには信じられなかった。祥司は思いがけない判決に全身の慄えがとまらず、ベッドに倒れこんだ。なにもかもが決着したのだ、と胸のうちで叫んだ。われにかえったとき、頬に涙が烈しく流れていた。勝訴の判決をもらってなによりよかったのは、だれの眼も気にせず、ありのままの姿をさらけだして、存分に声をあげて泣くことができたことだった。

翌日、判決の詳細が木内からメールで届けられた。

冒頭に〈この判決によって、青色申告の承認の取消処分を前提にした当局側の行為は、すべて無効になりました。完全な勝訴です。裁判長が高く評価したのは、野崎さんみずからが調査現場の状況を撮影、記録して、帳簿書類の提示の有無を立証したことです。奥さまのお手柄です〉とあった。

判決の要旨によると、的場裁判長がまず理由としてあげたのは、青色申告の承認をとり消す明文規定が法律にないということ、つぎに、青色申告の承認をとり消すのは、納税者の権利を奪う処分であって、税法上の優遇措置を国民から剥奪することは認めがたいということだった。このふたつを判決の重要な根拠として、とり消しが認められるのは、国税調査官が職務を果たしたうえで、客観的にみて帳簿書類の確認が困難だと考えられる場合にかぎる、ときびしい枠をはめた。検査を忌避した水原、篠谷両調査官に、はたして他意があったのかどうか、判決はこのことについては踏みこまなかった。が、国税当局が承認をとり消すにあたってどれほどの努力をしたのか、と問いかけ、納税者に不利益を課す処分には慎重でなければならない、と戒めた。最後に裁判長は、調査官は冷静な態度で調査にもっと時間をかけるべきであった、と反省を促した。

明文規定のないことが判決の理由のひとつになったことに、祥司は皮肉なめぐりあわせを思った。違法調査の発端になったのも、事前連絡を義務づける明文規定がなかったからだった。古杉と水原が法の抜け道をさがしたのが、策士、策に陥る、結果を招くことになった。当局との闘いは法の不備にはじまって法の不備におわった、とも言えそうだった。

判決の反響は大きかった。ひとりの納税者が国と対峙して闘い抜いたことが、翌日の報道で注目された。世論の反応も予想をこえるものがあった。ことに篠谷の証言はひとびとに感銘と大きな衝撃をあたえた。

新聞は木内祐介代理人の談話を載せた。
〈判決は納税者の権利を侵害する税務調査の実態をあきらかにしました。本日、野崎祥司さんは権利を回復されました。罪のない納税者の平和な日常生活を踏みにじった当局の暴挙は、民主主義の根幹を揺るがすもので、とうてい容認できません。この判決がこれまでの税務行政の閉塞感を破り、流れをかえる端緒になることを期待しております。当局は判決を謙虚に受けとめて、控訴せず、違法な検査はすぐ中止してほしい〉。

だが祥司に全面勝訴に見合う悦びの実感はなかった。

新居は競売にだされ、妻子とすごした痕跡さえもが消されようとしていた。オーナーに見切りをつけたスタッフたちも去って、最後まで踏みとどまった遠田も同業の他社へ移籍し、事務所は休業に追いこまれた。かかわったひとたちにあたえた疵を考えると、祥司の背負った十字架は生涯消えることはないように思えた。無傷だったのは国の救済機関と支援団体の組織だけかもしれない。もし祥司に遺されたものがあるとすれば、経過と結果がどうであれ、この闘いが人権の問題であった事実、この一点につきるように思えた。将来、再起の日があるとすれば、判例に記録されたこの事実は、祥司の生きていくこころの拠りどころになるような気がした。

十二

電話の着信音もひさしく絶え、その日も祥司はすることもなく、ベッドからぼんやりと窓越しに空をながめていた。消えた膨大な時間を考えると、もはや余力はのこされていなかった。

サイド・テーブルでメロディーが鳴った。画面に〈Ｍａｍｉ〉と呼びだしの文字が映った。勝訴おめでとう、とは言ったが声は沈んでいた。しばらく間があって、ボスといっしょに取材した合掌集落の里へ連れていってほしいの、と息を吸いこむように麻美は言った。意表をつかれて返事ができないでいると、お願い、と短いことばが追い討ちをかけた。遠いところだよ、泊まりがけの旅になる、と祥司はなだめるようにつたえた。それでいい、と麻美は迷いなくこたえた。言いだしたら退かない性格だった。釈然としない思いで、ネットで調べてみるから、とこたえて、祥司はひとまず通話をきった。

合掌集落に旅館が一軒しかなかったのは、自動車専用道路が開通して宿泊客が減りつづけているせいだろう。その一軒は、偶然にも玉城と取材で泊まったあの小さな宿だった。まだ営業をしているのを知って、なつかしさもあったが、気が重くなった。麻美の切羽つまった声にせかされて、祥司はしかたなく二部屋を予約した。車の旅も考えてはみたが、玉城のときとおなじ行程をなぞるほうが麻美の望みにかなっているようにも思え、新幹線とローカル線を利用して途中の駅からバスに乗り継ぐプランにした。

早朝、新幹線の改札口のまえに、人待ち顔の若い女が立っていた。明るいベージュ色の大きなつばの帽子と黒いスラックス姿が行き交う乗客たちの眼を惹いた。祥司は離れた位置から麻美の姿を面映ゆくながめた。仕事で磨きぬかれた美しさとはいえ、男たちの視線を捉える魅力にいささかの衰えもなかった。麻美は祥司に気づいて、肩をすくめ、手のひらをこちらに向けて小さく振った。昂揚したその笑顔をみて、電話を受けたときの憂鬱な気分がすこし解き放たれた気がした。

底冷えのする早朝のホームを列車はゆっくりと離れた。ローカル線の途中駅からバスに乗り継ぎ、分水嶺にさしかかったときは正午になっていた。バスはつづら折りの渓谷の小径をのろのろとすすんだ。車内は玉城と取材した当時とはさまがわりに賑わっていた。世界遺産と晩秋の紅葉見物をかねた旅なのだろう、数組のカップルと若いグループの一団に外国人もまじっていた。移動していく紅葉の壁に吸いこまれるように、麻美は窓外に向けて眼を瞠っていた。この旅をなぜ望んだのか、その横顔から胸中を窺い知ることはできなかった。

夕暮れが近くなって、バスは合掌集落の停留所にとまった。降りたのは祥司と麻美のふたりだけだった。行楽客たちはもうひとつ山越えをして、そのさきの合掌集落へ向かったようだ。玉城とときたときの梅雨模様とは一変し、辺り一面が紅く染まっていた。麻美は風変わりな屋根の群れをめずらしそうにながめながら、弾むように歩きはじめた。

往き来する遠来の客がとだえ、山の麓にでた。祥司は低く垂れこめた雪雲を仰いで、あすにしようか、と問いかけたが、麻美は首を横にふって、いま、すぐがいい、と言った。

カエデ科のイロハモミジやヤマモミジの落葉が、小径を埋めつくし、とぎれることなく蜿蜒とつづいた。ゆるやかな上り勾配をしばらくすすむと、苔をまとった墓石の群れが眼のまえにあらわれた。あざやかな朱と黄におおわれたモザイク模様の地表に、自然石のままの墓碑が寂しげに屹立していた。息をとめた麻美の背中に日常を離れた安らぎが感じられた。祥司はその場に麻美をのこし、ゆっくりとした足どりで辺りの散策をはじめた。けもの道から稜線を仰ぎみた。嶺を濃い灰色の雲が隠していた。その靄をながめていると、玉城と対峙した嵐の日がまざまざとよみがえった。その記憶のなかへ麻美を案内してよいものかどうか、祥司にふとためらう気持ちがおきた。

麻美は低い岩のうえに腰をおろして、祥司の戻るのを待っていた。

「ボスはこの景色を先生といっしょにながめたのね」

麻美のこだわりは執拗だった。

「ここはロケハンの途中の、ま、中継基地というところかな」

すると麻美は祥司が戻ってきた小径のさきを興味深くながめた。

「きょうはここまでにしような」祥司はあわてた。「まもなく日が暮れる。ふたりいっしょに遭難して、有名人になってもこまるだろ」

麻美はすなおに頷いた。が、そのまま姿勢をかえないで、雲上の光景に思いを巡らせているようだった。

「ボスが先生を烈しく罵ったというのは、どの辺?」

思いもしなかった台詞を麻美は呟いた。かつての婚約者になぜそこまでこだわるのか、嶺で玉城と論争になったのを彼女が知っているのがふしぎだった。

「なぜ、いまになって、そんなことを……」

「疑いをひとつずつ消していったら、最悪の可能性がのこってしまった」

旅の理由が明かされる気がして、祥司は緊張した。決闘を挑まれたのは、ほら、あの辺り、と冗談めかして嶺をおおった雲を指差したが、麻美は愕かなかった。

「ボスは先生に復讐をしたのです」

とっさに祥司は意味をつかみかねた。

「いま復讐と言った?」

麻美は頷いた。

「ここへ取材にくるまえに、ボスは先生に罠を仕掛けていたのよ。遠田くんからの情報を手がかりに、やっとたどり着きました。税務調査はボスの密告だった」

麻美は迷わず言いきった。

「いきなり、ボスに匕首を突きつけたのか」祥司は息をつめた。「どこで会ったんだい。ぼくがスタジオを訪ねたときは、もう閉鎖されていた」

「瀬戸内の離れ小島。身を持ちくずして、呑んだくれちゃって……。死に場所をさがしていたみたい」

「そこまで突きとめるとは。どうして、また……」

祥司は麻美の思いきりのよさがすこし怖くなった。

「先生と公園を散歩したときね、話を聴いてなんだかへんだなって直感したの」

「世界一周から戻ったとき?」

「そう、菩提樹をでたあとよ。それ以来、ボスに会って確かめてみたいと、ずうっと思っていたの。でも一方で、もうあのひとには会いたくないなぁ、って悩んで、ずるずると延ばしちゃった。ごめんなさい、わたし、狡い女なの。でも裁判を傍聴したとき、放ってはおけない、って思った。若い調査官のあの証言を聴いたとき、そう感じたの」

麻美が遠田といっしょに篠谷の証言を傍聴していたのを祥司は思いだした。絵里が求めていた救世主の証言のときだ。

「ボスは新聞記事で、もう判決を知ってました」麻美の眼に怒りが浮かんだ。「あいつ、野崎は勝訴でよかったじゃないかって薄笑いしたのよ」

それまでボスと呼んでいたのが、あいつ、にかわっていた。麻美の告白を否定したい気持ちと、そうでない気持ちとが、祥司のなかで烈しくせめぎあった。

「麻美ちゃんとコウちゃんの共同作戦だったとはなぁ」

「遠田くん、事務所のカメラが弱いので、ボスとの撮影のパイプをつよくしようと思ったらしいのだけど、それが裏目にでちゃったのね」

「裏目に?」

「そうよ。それがきっかけで、ボスとの往き来がふえて、菩提樹にも頻繁に呼びだされるようになった、って。そこで先生の厭味もさんざん聴かされたと、しょげていた」

祥司は役人との闘いに拘泥して、遠田の胸中を察することのできなかったのを悔やんだ。

「でもねぇ、麻美ちゃん」祥司は考える眼をした。「あいつは脱税犯です、って名指しをするだけじゃ、お役所は動かないと思うんだけどなぁ」

「裏づけがない、ってこと?」麻美はすこし不機嫌になった。「それなら、ある。先生より遠田くんのほうがよっぽどお利口だよ。玉城さんなら売り上げの捏造ができる、うちの仕事を知りつくしているから、って言っていた。先生のいない日にボスはたびたび事務所にきて、さりげなくデータをあつめていたみたいだって」

「密告の資料づくり、だと?　玉城が?」

「遠田くんから聴いたとき、わたしも、まさかリークの資料づくりだなんて、信じられなかった」

「わざわざ事務所にきて、なんでそんな面倒なことを?　一日中データばかりとってもおれないだろうに……。それに、ぼくの不在の日をどうして知ったんだ。合掌集落の取材まで、ぼくは玉城に会ってないよ」

「取材よりずっとまえのことよ」麻美の眼が暗く濁った。「先生がわたしの部屋で会ったのを知って、年明けからリークの準備をはじめたのよ」

「それにしてもだよ、事務所で偶然にも鉢合わせをすることがなかった、なんて、やっぱりへんだよ」

「へんなのは先生よ。事前に先生のいない日を知っていたら？」

祥司はやれやれという顔になって吐息を漏らした。

「そんなの、ありえない」

「それだから、先生はいいようにやられちゃったのね。先生のいない日を事前に知ってるの、だれ？　遠田くんなら知ってるでしょ。ボスから先生のスケジュールを執拗に訊かれて、かれ、悩んだみたい。仕事の繋がりを考えると、みえ透いた嘘は言えなかったしなぁ、って」

「そうか、板ばさみになっていたのか……。察してやれば、コウちゃんも気が楽になっただろうにな」

祥司はいたわるように遠くをみつめた。

「そうよ」麻美の歯切れがよくなった。「あいつ、最初はふらりと事務所にやってきてコーヒー一杯で様子見していたみたいだけど、やがて電話や来客の会話のチェックを思いついたのね。時間から時間、曜日から曜日を特定して、根気よく空白の時間を埋めて、一週間のモデルをつくりあげたらしいの。仕事の詳細は把握してるし、実在の取引先は洗いざらい名指しできるし……。敵にまわせば、あいつは先生にとって天敵よ」

麻美に指摘されて、祥司の考えが揺らいだ。たしかに、玉城は祥司の仕事の内容については共同経営者のような存在だった。受注する取引先も、制作のための必要経費も、正確に見当がつくにちがいない。その気になれば信憑性の高い偽装資料をつくることなど造作もなかったのだ。

いま思えば、あの嶺で粘って麻美との誤解を解くべきだったかもしれない。だが時間の経過を考えると、あの時機に玉城と話しあったところで、密告は防げなかったのだ。水原と篠谷がはじめて姿をみせたのは、四月のはじめだった。とすれば、リークは遅くても三月末までには完了していたことになる。それなのに玉城はなぜ執拗に麻美の追尾をつづけたのか。たぶん、彼女のほうから祥司との過ちを告白してほしかったのだろう。それが男に遺された最後のプライドだったのだ。

「なるほど。無法きわまりなかった調査の動機が、どうやらみえてきた。郵送した告発状のデータとぼくの申告書とをつきあわせれば、違いは歴然だからね。この納税者はきわめて悪質、ということになる。マルサもどきの調査をしたくてうずうずしていた国税調査官のまえに、おいしい餌が投げ入れられた、という図式か。玉城も根は善良なやつなのに……、とんだ茶番劇だったな。それにしてもよく考えたものだ」

祥司の寛大な口調に、麻美は瞬きをとめた。

「肚はたたないの？　親友を国の権力に売った男よ。あいつのやったことは悪質すぎる。狂気の沙汰だよ。先生、よく耐えられるのね」

麻美の意外な一面をみた思いがした。だが祥司の脳裡には、愛も友情も虚無の果てに棄てようとしている男の不在が、色濃く影をおとしていた。

「耐えているわけじゃない。ボスは生理的にぼくを嫌いになっただけさ。ただ、それだけのことだ」

「こんなことも言っていた。陽のあたる道ばかりを歩くやつに、おれは嫉妬していた。自分の出自に負けてしまった、って」

「出自なんて、どうってことないのに」祥司は旧友を諭すように言った。「脚光をあびて、陽のあたる道を歩んできたじゃないか」

ひとりの女を愛し、裏切られたと思いこんだ男の執念が哀れだった。もはや玉城にはこころの疵を癒す術が失われていたにちがいない。

「先生、ボスを赦す気になったのは勝訴したから？」

男同士のつきあいがよくわからない、と麻美は言いたげだった。

「愛を喪った者と得た者とのちがいだよ。たとえ敗訴していても、ぼくにはきみがいた」

気障だとは思ったが正直な気持ちでもあった。妻と娘を失った寂しさが祥司にそんな台詞を吐かせたのかもしれない。玉城が家庭のしあわせを麻美に執拗に求めようとしたのも、母に置き去りにされた幼い日の記憶が根にあったのだろうか。見知らぬ男と失踪した母への不信の思いと、婚約者との離反が現実になったいま、復讐劇はまだおわらないかもしれない。玉城は計算をしている、と祥司は思った。

「当局はきっと控訴する。国が一審でひきさがるとは思えないからね。そのとき、やつは望みを達するよ。かれのデータが当局の武器になるからね」

「そういうことだったら……」麻美が眼を耀かせた。「捏造されたデータだってことを反証しなくちゃ、ね、先生」

「それは至難のわざだ。守秘義務を楯に相手がデータをみせるわけはないし……。かといって、玉城がぼくの証人席に立ってくれるはずもない。二審では当局も戦略を練りなおすだろう。あいつの勝ちだよ。つぎの控訴の場面こそ、復讐達成のエピローグというわけだ。どうやら終末がみえてきた。ぼくは敗訴するよ。きっと、完敗だ」

「先生は、完敗じゃない。わたし、そう思ってます」

麻美はむきになった。

「なぜ、麻美ちゃんは、そう思う?」

「原告が裁判をおこされた意味を重く受けとめています、って、若い調査官が証言したわ。上司の調査官は無責任なこと言いたい放題だったけど、部下のあのひとは、そうじゃなかった。調査の違法性をはっきりと認めたわ。当局は納税者の人権を侵害した、と言っているのよ」

麻美の眼はまっすぐに祥司をみた。わかってほしかったひとがもうひとりいた。だが祥司は、絵里と離婚したことは麻美にはつたえてなかった。

「人権の問題として、一審の裁判官にはわかってもらえたから、ぼくは、それだけでいい。だけど、あれほどの名カメラマンが、ここまでぼくを追いこんだとはなぁ」

「名カメラマンだなんて、まだそんなことを言って……。先生、ごめんなさい。わるいのはわたしです。シナリオを書きたいなんて言ったのがまちがいでした」

いま疵がもっとも深いのは麻美だと祥司は気づいた。

「きみのせいじゃない。玉城はそれほどまでに麻美ちゃんが好きだったのだ」

「あいつ、こうも言ったの。おまえはサタンだ、って」

祥司は鉄槌をくらった気がした。娼婦とまでは言わなかったにしても、あのときの台詞を婚約者にまで言い放ったのか。まさかとは思ったが、玉城の恨みの深さに祥司は総毛立った。

「麻美ちゃん」祥司はなぐさめた。「あまり自分を責めないほうがいい」

「いえ、あいつの言うとおりです。イヴに告白したわたしのオトコ遍歴、ほんとなのよ。抗弁のできない女。最低、かつ最悪の女です」

けもの道の奥へ麻美の声は吸いこまれるように消えた。その台詞が祥司の不安を呼び醒ました。怖れていた危惧がすこしずつ現実になるような気がした。麻美は贖罪に耐えられなくて、すべてを棄てようとしているのではないか。祥司と共有してきた時間さえも断ちきろうとしているように思えた。

「やつにはやつの恨みがあったのだ。麻美ちゃんとは関係ない。その原因は、むかし、ぼくがつくったんだよ」

祥司はそれをあっさりと認める自分がいっそう狡く思えて自己嫌悪に陥った。麻美は烈しくさえぎった。

「先生、それはちがう。わたしのせいよ。でもね、わたしにだって択ぶ権利、ある。わたしは自分の意志で離れたかったのよ。たしかに仕事はできるひとだったけど、デリケートじゃない男に、一生を縛られたくなかった」

麻美はきっぱりと言いきるつよさもみせた。

このとき祥司のなかに烈しい感情がおきた。麻美をひきとめたい、と思った。その口実がないわけではなかった。が、それをことばにするのには勇気がいった。麻美への愛が祥司を独り身にさせたのではなかったからだ。祥司はしょせん妻に棄てられた一介の中年男にすぎなかった。

地表の木の葉が風に巻かれて移動しはじめた。乱舞する枯れ葉をふたりはだまってみつめた。頬の皮膚の一点がふいに湿り、顔のあちこちに冷たい感触がひろがった。ふり仰ぐと、薄墨色の雲が低くなって、雪片が空一面に音もなく浮遊していた。

綿雪だった。彩りあざやかだったけもの道はみるまに白くなった。

岩から腰をあげた麻美の立ち姿は、紅葉に映えて美しかった。駅の構内で会ったときとはまたちがった印象だった。この美貌が麻美に不幸をもたらしているのかもしれない。祥司が麻美のからだをひき寄せると、それまで曖昧だった麻美の足どりがたしかなものにかわった。ふたりは風雪に背中を押されるように、ゆっくりと歩きはじめた。


浮遊しながら落ちてくる雪片の向こうに、旅館が一軒、ひっそりと建っていた。玉城と泊まったとき月の光に照らされていた青いトタン屋根が、白くまだらに染まっていた。朽ちた格子戸をあけたが、あのとき酒盛りをしていた長靴や地下足袋の男たちの姿はなかった。晩秋の山谷でいまごろ冬支度に追われているのだろうか。仕事が閑散期になれば、男たちはまたここに戻ってきて車座を盛りあげるのだろう。

おかみがあらわれた。彼女は祥司の顔を憶えていた。おひさしぶりですね、と言って頬笑み、麻美から旅の鞄を受けとると、さきに階段をあがった。一段ずつ踏みあがるたびに、踏み板が軋む音をだすのも、あのときとおなじだった。泊まり客は祥司たち一組だけのようだ。案内されたのは階段のとっつきの部屋だった。

麻美は部屋のなかを興味深げにみまわした。この部屋？　と眼が祥司に問いかけた。玉城と泊まった部屋とは押入れが逆の位置になっていた。祥司がかすかに首をふって隣の部屋を眼でしめすと、麻美は納得をした顔になって頷いた。部屋をふたつ予約したことを祥司はまだ麻美に報せてなかった。おかみは呼吸のあった仲のよいふたりをさりげなくながめていた。が、麻美を奥さんとは呼ばなかった。彼女なりの心遣いだったにちがいない。

麻美が腰高の窓をあけて嘆声を洩らした。白い綿にまぶされた紅葉が視界にひろがった。

「このぶんでは、つもりそうですね。この冬の根雪になるかもしれません」

同伴客が若い女だったせいか、おかみから訛りが消えていた。ふりかえった麻美の口もとに笑みが浮かんだ。おかみと麻美はたがいに好感をもったようだった。

階下に降りたおかみは、しばらくして内線電話で入浴の準備ができたことを報せてきた。お食事は隣の部屋にご用意しますので、ごゆっくり、どうぞ、と声は言い添えた。予約したふたつの部屋は、おかみの使い勝手で祥司の思惑はあっさりと変更された。

　麻美が殊勝な顔をして、乱れ籠から二組の浴衣とタオルをとりだして胸に抱いた。階下に降り、通路の突きあたりの黒ずんだ檜の戸をひくと、更衣室からガラス戸越しに小さな浴槽がみえた。かわいいお風呂ね、と、麻美がはしゃいだ声をあげた。三メートル四方ほどの小さな檜の浴槽に湯がこぼれ落ちそうに蓄えられていた。

　ふたりは、どちらからともなく肌を寄せあい、浴室の洗い場へ脚を踏み入れた。祥司は浴槽から熱めの湯を檜の桶でそっと汲みだし、麻美のからだになんどもかけ流した。無数の湯の珠が滑らかな若い肌をつぎつぎとすべり落ちていった。自分の肩にも湯をかけたあと、祥司は麻美の背中に手のひらを添え、湯槽にからだを沈めた。大量の湯が洗い場に押しだされて、渦を巻いて排水口へ流れこむ音がした。いきおいのあるその音が屈折した気持ちを流し去ってくれるようだった。祥司はからだを浴槽の隅へ移動させ、直角に組みあわせた檜の枠に両腕を添わせた。そのままからだを湯に浮かせて、木立に降りつもるかすかな雪の気配を耳にとめながら瞼を閉じた。

　湯面に揺れる気配があって、麻美のからだが祥司の胸に吸い寄せられた。熱い湯が緊張をゆっくりと解き放った。静謐な時間がおだやかに流れた。

　ふたりは過去を嘆いて生きてきたわけではなかった。祥司は崩壊した家庭から脱けだし、麻美は過去の男たちの影を拭い去って、たがいに歩んできた人生を理解しあって生きようと試みてきた。麻美がかつての婚約者の裏切りを突きとめたのも、祥司にたいする愛のかたちだったのだ。若い女のそんなやさしさに惹かれながらも、だが祥司はいまも混沌の世界でもがいていた。いまは脚本の依頼もなく、大学の教壇に立つこともなくなった。文筆を活かす勤め口さえも期待のできない祥司に、愛のつづく条件は欠落していた。疲れはてた男の檻のなかに、意欲に充ちた若い女の執筆の夢を閉じこめるのは、忍びがたく、不憫だった。もういちど家庭をもったところで、貧しさの底に愛は粉々になって沈み、さきに待っているのは惨めな破滅への道にちがいないのだ。そんな悟りの心境になるのも中年男の分別だった。

　浴衣に着替えて、ふたりは部屋に戻った。隣の部屋を覗くと、すでに膳が向きあって用意されていた。部屋も品ぞろえも玉城との酒席のときとおなじなのが、なんとなくおかしかった。山女焼が据えてあり、木の葉に載せた焼味噌に里芋の煮転がし、山芋の短冊、そばの吸物、山菜漬などが、盛り沢山に置かれていた。濁り酒の一升瓶に冷えた瓶ビールが添えてあった。気をきかせたのか、おかみの姿はなかった。麻美がビールの栓を抜いた。

祥司と麻美はコップを眼の高さにかざした。

「離島で生きる名カメラマンに、乾杯」

祥司は掛け詞を〈完敗〉にかさねて敗北宣言をした。

「先生の勝訴を祝って」

麻美はそう言うとコップをひと息に空け、静かに箸をとった。一皿ごとにゆっくりと箸をとめ、ほんのすこしずつ口に入れるしぐさに、祥司はみとれた。感情を奔走にみせたモデルの若い日の面影を歳月が拭い去ったかのようだった。

祥司は機嫌よくビールを飲みほしてから、湯呑み茶碗に白い液体をそそいだ。

麻美はときおり箸を置いて祥司をみつめ、呑みっぷりのよさをうれしそうにながめた。が、酌はしなかった。飾らないそのすなおさが好みにあって、祥司は碗酒を呷りながら、あの夜の玉城の心境を回想した。かれにとっては耐えがたきを耐えた酒席だったのだろう。

「小さな親切、大きなお世話……、か」

祥司の唇から小さなため息が洩れた。そのことばを麻美が復唱した。

「小さな親切、大きなお世話、って、なに？」

「ああ、玉城の常套句だよ」

完膚なきまでに玉城に打ちのめされ、祥司はいまや名ばかりの映像作家になった。落ちるところまで墜ちた、という思いが酔いをはやめた。麻美は物思いに沈む男の顔をみつめながら、雨戸の向こうに降りしきる雪に意識をあつめているようだった。祥司の脳裡に、墓地の光景が映った。自然石の群れは一夜で雪に埋もれて姿を消すにちがいない。

かなりの分量を呑んだのか、酔いがふいに深くなった。

寒気に瞼をあげると、雨戸があけ放たれていた。そのとき、どこからともなく低い女の声が聴こえたような気がした。いまだったら別れることができる、と声は囁いた。幻聴だったのだろうか。麻美の声に似ていた。いまだったら？　祥司は胸のうちで聴きとろうとした。しばらくして、いまだったら……、と声はまた囁いた。窓辺に浴衣姿の麻美が立っているのが視野に入った。室内から洩れる灯りのなかを綿雪がつぎからつぎへと絶えることなく舞いおりていった。胡坐をかいたままの姿勢で祥司は碗にのこった白い液体を呷り、舞う無数の雪片の群れをみつめた。

凛と背筋を伸ばした麻美に、過ぎた日をかさねようとしたとき、祥司のなかで心棒の折れる音がした。麻美とうまく暮らすにはほど遠い状態であることが胸に沁みた。いまとなってはトラブルもなく別れるほうがいい、そう思ったとき、ハミングが聴こえた。

シューベルトの〈冬の旅〉の序曲『おやすみ』という歌曲だった。

哀しみに充ちた流民の歌を麻美が好むのは、ふるさとを離れた遠い日の記憶が旋律とかさなるせいだろうか。謳えば謳うほど、心の動揺を誘う旋律だった。祥司は姿勢を立てなおして、また白い液体を口にふくんだ。〈どこからともなく来たり、どこへともなく去っていく〉という歌詞は、酔いで空洞になった祥司の脳裡に沁み入った。夜の空に乱舞する綿雪はやがて牡丹雪にかわった。

隣の部屋に蒲団がならべて敷かれていた。祥司と麻美はそれぞれの蒲団に入った。しばらく寝つけない気配がつづいたが、やがて闇の沈黙に充足して、ふたりは瞼を閉じた。

雪の宿から戻ったあと、麻美は行方を告げず忽然と消息を絶った。

祥司は眼の不自由な家主を訪ねてみたが、麻美の転居先をつきとめることはできなかった。独り遺されてからは、物事を真剣に考えることが億劫になり、ほとんど祥司は外出しなくなった。カーテンの明かりの具合で一日の時間の推移を判断した。それでも麻美が記憶から消えることはなかった。愛弟子の作家デビューを願う師匠にも似て、月ごとに届くシナリオ雑誌のページをめくり、麻美の名をさがしつづけた。

そんな日々のさなかに、ひさしく聴かなかったメロディーが鳴った。うすく眼をあけて表示をみると、信じられない文字が画面に浮きでた。夜もあけない時刻だった。

「先生、元気?」

快活に呼びかけられて、とっさに返事がかえせなかった。待ちつづけた声だった。共時性というのは、こういうときにおきる現象のことなのか、と祥司は息をつめた。

「わたしよ、わかる?」

ちょっと耳を澄ます気配があって、遠い声はもういちど呼びかけた。

「いま、どこにいるんだい」

慄える声を抑えて、祥司は訊いた。

「いま太陽が沈むところよ。真っ赤な、大西洋の夕陽よ。海中から突きでた大きな岩が、眼のまえにみえる。そのまんなかにあいた洞窟のなかをね、潮が寄せたり、退いたりしている……」

背後に烈しい波のざわめきが、かすかに聴こえた。海の果てに落日を拾いにいきたい、とカフェ〈菩提樹〉で言った麻美の声が、ふいによみがえった。

「おう、まさか……」

凪ぐことのない大西洋の夕暮れの陽差しに染められて、凛と立つ日本人の女のうしろ姿を祥司は思い描いた。

「そうよ。その、まさか、よ。先生もここに立って、夕陽をながめたのね。それを想像すると、わたし、なんだか泣けてくる」

声をかみ殺したような女の息づかいがつたわってきた。

「サンタクルスにいるとはなぁ」

まさか、と、祥司はもういちど呟いた。

「いま、書いています。脱稿したら読んでください。わたしにとって先生は、いまも先生よ。ね、そうでしょ」

「うん、読む。読ませてもらうよ」

「わたしは、いまも、だれの女でもないわ。でも、いつか、そうでなくなる日がくるといいな。原稿を読んでもらえたとき、きっと、そうなるよね、先生」

サンタクルスへいくよ、と祥司が言おうとしたとき、遠い声はふいにとだえた。気がつくと、祥司はベッドのうえで正座をしていた。よし、サンタクルスへいくぞ、と、もういちど呟いて、祥司はようやくからだをベッドからおろした。

いつ家を跳びだしたのか、気づくと夜の明けきらない地平線がうっすらと白くなり、街の輪郭を灰色に浮かびあがらせていた。

外へでるのは幾日ぶりだろう。そのとき、記憶の底から麻美のハミングが聴こえた。〈どこからともなく来たり、どこへともなく去っていく……〉。その歌曲がカフェ〈菩提樹〉の記憶とかさなったとき、ふいに哀しみの感情が噴きだした。ながく凍えた季節だった。ちょっと風変わりな、あのマスターは元気だろうか。祥司はひとの気配が絶えた夜明けの道を歩きはじめた。ひとまず行き先を公園に決め、朝の開店を待つことにした。その日は奇数の日か、偶数の日か、それを思いだすのに手間どった。黄色いテーブルの日だと気づいて足どりがかるくなった。

静まりかえった早朝の空気がかすかに揺らぎ、ひっそりと走ってきたタクシーが路面を滑るようにとまった。あいた扉のなかへ、祥司は吸いこまれ姿を消した。

[著者紹介]
山田直堯（やまだ・なおたか）
1938年生まれ。著書に、『赤い服』〈「赤い服」第11回中央公論新人賞（Ⅱ期）最終候補作、「カメラ・アイ」、「燎原」を収載〉（青弓社）、『回帰線』（青弓社）、『宇宙飛行士のペン』（作品社）など。

装幀／三矢千穂

袋小路《ふくろこうじ》の人《ひと》びと

2018年8月9日第1刷発行（定価はカバーに表示してあります）

著　者　　山田 直堯

発行者　　山口 章

発行所　名古屋市中区大須1丁目16番29号
電話 052-218-7808FAX052-218-7709
http://www.fubaisha.com/
風媒社

乱丁・落丁本はお取り替えいたします。　＊印刷・製本／シナノパブリッシングプレス
ISBN978-4-8331-2100-2